Translated Language Learning

Alice's Adventures in Wonderland

Alenčina Dobrodružství v Říši Divů

Lewis Carroll

English / Čeština

Down the Rabbit Hole
Dolů králičí norou

Alice was beginning to get very tired
Alenka začínala být velmi unavená
she was sitting by her sister on the grass bank
Seděla vedle své sestry na trávníku
but she had nothing to do
ale neměla co dělat
her sister was reading a book
její sestra si četla knihu
once or twice Alice peeped into the book
jednou nebo dvakrát Alice nakoukla do knihy
but the book had no pictures or conversations in it
ale v knize nebyly žádné obrázky ani rozhovory
"what use is a book without pictures?," thought Alice
"K čemu je kniha bez obrázků?" pomyslila si Alenka
"why would a book have no conversations?"
"Proč by v knize neměly být žádné rozhovory?"
but she had other things to consider

ale musela zvážit i jiné věci
"making a chain of daisies would be a pleasure"
"Vyrobit řetízek ze sedmikrásek by bylo potěšením"
"but is it worth the effort of getting up and picking the daisies??"
"Ale stojí to za tu námahu vstát a natrhat sedmikrásky??"
this was not so easy to think about
Nebylo tak snadné o tom přemýšlet
because the day was making her feel sleepy and stupid
protože ten den se cítila ospalá a hloupá
but suddenly her thoughts were interrupted
ale náhle byly její myšlenky přerušeny
a White Rabbit with pink eyes ran close by her
těsně kolem ní běžel Bílý Králík s růžovýma očima

There was nothing overly remarkable about the rabbit
Na králíkovi nebylo nic přemalebného
and Alice did not think the rabbit remarkable either
a Alence se také nezdálo, že králík je pozoruhodný
nor did it surprise her when the Rabbit spoke

a nepřekvapilo ji, když Králík promluvil
"Oh dear! I shall be too late!" he said to himself
"Ach bože! Přijdu pozdě!" řekl si
but then the Rabbit did something that rabbits didn't do
ale pak Králík udělal něco, co králíci nedělali
the Rabbit took a watch out of its waistcoat-pocket
Králík vytáhl z kapsy u vesty hodinky
he looked at the time and then hurried on
Podíval se na čas a pak pospíchal dál
Alice got to her feet, in amazement
Alenka se udiveně postavila na nohy
she had never seen a rabbit with a waistcoat before!
Nikdy předtím neviděla králíka s vestou!
nor had she ever seen a rabbit with a watch!
A nikdy neviděla králíka s hodinkami!
Alice was burning with a new curiosity
Alenka hořela novou zvědavostí
and she ran across the field after the Rabbit
a běžela přes pole za Králíkem
she was just in time to see the rabbit disappear
Byla právě včas, aby viděla, jak králík mizí
the rabbit hopped down into a large rabbit-hole
Králík skočil do velké králičí nory
In another moment, down went Alice after the rabbit!
V dalším okamžiku šla Alenka dolů za králíkem!
The rabbit-hole went straight on like a tunnel
Králičí nora pokračovala přímo jako tunel
and the tunnel kept going for some distance
a tunel pokračoval v běhu ještě nějakou dobu
and then the path suddenly dipped down
a pak se cesta náhle ponořila dolů
Alice had not a moment to think about stopping herself
Alenka neměla ani chvilku, aby uvažovala, že by se zarazila
she found herself falling down and down and down
zjistila, že padá dolů a dolů a dolů
it seemed as if she had fallen down a very deep well
zdálo se mi, jako by spadla do velmi hluboké studny

Either the well was very deep, or she fell very slowly
Buď byla studna velmi hluboká, nebo padala velmi pomalu
because she had plenty of time to fall
protože měla spoustu času spadnout
as she was falling she could look all around her
jak padala, mohla se rozhlížet kolem sebe
First, she tried to make out where she was going
Nejprve se snažila zjistit, kam má namířeno
but the well was too dark to see anything
ale studna byla příliš tmavá, než aby bylo něco vidět
then she looked at the sides of the well
Pak se podívala na stěny studny
and she noticed that there were cupboards all around her
a všimla si, že všude kolem ní jsou skříně
and all around the well were book-shelves
a kolem dokola studny byly police s knihami
here and there she saw maps and pictures hung upon pegs
Tu a tam viděla mapy a obrazy pověšené na kolíčcích
She took down a jar from one of the shelves as she passed
Když procházela kolem, sundala z jedné z polic sklenici
the jar was labelled for its content
Nádoba byla označena svým obsahem
"MARMALADE MADE FROM ORANGES"
"MARMELÁDA Z POMERANČŮ"
**but, to her great disappointment, the marmalade jar was
empty**
K jejímu velkému zklamání však byla nádoba s marmeládou
prázdná
she did not want to drop the empty marmalade jar
Nechtěla upustit prázdnou sklenici od marmelády
and her fall was very slow
a její pád byl velmi pomalý
**so she managed to put the marmalade jar into one of the
cupboards**
Podařilo se jí tedy dát sklenici marmelády do jedné ze skříněk
Down, down, down she fall!
Dolů, dolů, dolů padá!

Would the fall ever come to an end?
Skončí někdy pád?
There was nothing else to do
Nic jiného se nedalo dělat
so Alice soon began talking to herself
Alenka tedy brzy začala mluvit sama k sobě
"Dinah will miss me very much tonight, I should think!"
"Mindě se po mně dnes večer bude moc stýskat, řekl bych!"
Dinah was Alice's cat
Minda byla Alicina kočka
"I hope they'll remember her saucer of milk at tea-time"
"Doufám, že si vzpomenou na její talířek s mlékem při čaji."
"Dinah, my dear, I wish you were down here with me!"
"Mindo, má drahá, kéž bys tu byla se mnou!"
Alice felt that she was dozing off
Alenka cítila, že usíná
and then suddenly, thump! thump!
A pak najednou, bum! bouchnutí!
down she fell upon a heap of sticks
Padla na hromadu klacků
and she landed on a pile of dry leaves
a přistála na hromadě suchého listí
and finally the long fall down the hole was over
a konečně byl dlouhý pád do díry u konce
Alice was not a bit hurt
Alenka se ani trochu nedotkla
and she jumped up within a moment
a ona v okamžiku vyskočila
She looked up, but it was all dark overhead
Vzhlédla, ale nad hlavou byla tma
in front of her was another long corridor
před ní byla další dlouhá chodba
and the White Rabbit was still in sight
a Bílý Králík byl ještěv v nedohlednu
he was hurrying down the corridor
Spěchal chodbou
There was not a moment to be lost

Nesměla jsem ztratit ani okamžik
off ran Alice like the wind
Alenka utekla jako vítr
around the corner turned the rabbit
Za rohem se otočil králík
she was just in time to hear the rabbit
Byla právě včas, aby slyšela králíka
""Oh, my ears and whiskers"
"Ach, moje uši a vousy"
"how late it's getting!"
"Jak už je pozdě!"
She was close behind the rabbit
Byla těsně za králíkem
she turned around another corner
Zahnula za další roh
but the Rabbit was no longer to be seen
ale Králíka už nebylo vidět
She found herself in a long, low hall
Ocitla se v dlouhé, nízké hale
the hall was lit up by a row of ceiling lamps
Sál byl osvětlen řadou stropních lamp
There were doors all around the hall
Po celém sále byly dveře
but all the doors were locked
ale všechny dveře byly zamčené
she walked all the way down one side of the hall
Prošla celou cestu po jedné straně haly
and she had walked all the way up the other side of the hall
a došla až na druhou stranu haly
she had tried every door
Vyzkoušela všechny dveře
and she walked sadly down the middle of the hall
a smutně kráčela středem sálu
"how am I ever going to get out again?"
"Jak se ještě někdy dostanu ven?"

Suddenly she came upon a little table
Náhle přišla k malému stolku
the table was made entirely of solid glass
stůl byl vyroben výhradně z masivního skla
There was nothing on the table but a tiny golden key
Na stole nebylo nic než malý zlatý klíček
the key might belong to one of the doors!
Klíč by mohl patřit k některým dveřím!
but, alas! some of the locks were too large for the keys
ale běda! Některé zámky byly pro klíče příliš velké
and for the other locks the key was too small
a pro ostatní zámky byl klíč příliš malý
but, at any rate, the key opened none of the doors
ale v každém případě klíč neotevřel žádné dveře
but what was she to do?
ale co měla dělat?
she went through the hall again
Znovu prošla halou
and this time she noticed a low curtain
a tentokrát si všimla nízkého závěsu

behind the curtain was a little door
Za záclonou byla malá dvířka
the door was about fifteen inches high
Dveře byly asi patnáct palců vysoké
She tried the little golden key in the lock
Zkusila malý zlatý klíč v zámku
and to her great delight, the key fit in the lock!
a k její velké radosti klíč zapadl do zámku!
Alice opened the door
Alenka otevřela dveře
and she found the door led into a small corridor
a našla dveře vedoucí do malé chodbičky
the corridor was not much larger than a rat-hole
chodba nebyla o mnoho větší než krysí díra
she knelt down and looked along the corridor
Poklekla a rozhlédla se po chodbě
and she saw the loveliest garden you have ever seen
a ona viděla tu nejkrásnější zahradu, jakou jsi kdy viděl
how she longed to get out of that dark hall
Jak toužila dostat se z té temné síně
how she wanted to wander among those bright flowers
Jak se chtěla toulat mezi těmi zářivými květinami
how cool refreshing those fountains looked
jak skvěle vypadaly osvěžující ty fontány
but she could not even get her head through the doorway
ale nemohla ani prostrčit hlavu dveřmi
"Oh," said Alice, mournfully
"Aha," řekla Alenka smutně
"how I wish I could fold up like a telescope!"
"Jak bych si přála, abych se mohla složit jako dalekohled!"
"I think I could fold up like a telescope"
"Myslím, že bych se mohl složit jako dalekohled"
"if I only knew how to begin"
"kdybych jen věděl, jak začít"
Alice went back to the table
Alenka se vrátila ke stolu
there was the chance of finding another key

byla tu šance najít jiný klíč
or there might be a book of rules
nebo by mohla existovat kniha pravidel
the book could tell her how to fold up like a telescope
Kniha by jí mohla říct, jak se má složit jako dalekohled
This time she found a little bottle
Tentokrát našla malou lahvičku
"this bottle certainly was not here before," said Alice
"tahle láhev tu určitě ještě nebyla," řekla Alenka
and tied around the neck of the bottle was a paper label
a kolem hrdla láhve byla uvázána papírová etiketa
the label was beautifully printed in large letters
štítek byl krásně vytištěn velkými písmeny
"DRINK ME"
"VYPIJ MĚ"
"No, I'll look first," she said
"Ne, nejdřív se podívám," řekla
"I'll see whether the bottle is marked as poisonous or not,"
"Podívám se, jestli ta lahvička není označená jako jedovatá
nebo ne,"
because she never forgot the lesson about poison
protože nikdy nezapomněla na lekci o jedu
**"if a bottle is labelled poisonous, it's bound to disagree with
you"**
"Pokud je láhev označena jako jedovatá, určitě s vámi nebude
souhlasit"
However, this bottle was not marked as poisonous
Tato lahvička však nebyla označena jako jedovatá
so Alice ventured to taste the content of the bottle
a tak se Alenka odvážila okusiti obsahu lahvičky
she found the liquid quite to her liking
Tekutina jí přišla docela podle jejích představ
the drink had a sort of mixed flavour
nápoj měl jakousi smíšenou chuť
cherry-tart, custard, and pineapple
třešňový koláč, pudink a ananas
roast turkey, toffee, and toast with hot butter

pečený krocan, karamel, toast s horkým máslem
and she soon finished off the bottle
a brzy láhev dopila
"What a curious feeling!" said Alice
"Jaký to podivný pocit!" řekla Alenka
"I am folding up like a telescope!"
"Skládám se jako dalekohled!"
And she was folding up like a telescope indeed!
A ona se skládala jako dalekohled!
She was now only ten inches high
Byla teď jen deset palců vysoká
and her face brightened up at her thoughts
a tvář se jí rozjasnila při pomyšlení
now she was the the right size for the little door
Teď měla tu správnou velikost pro malá dvířka
now she could go into that lovely garden
teď mohla jít do té krásné zahrady
soon she stopped getting smaller
brzy se přestala zmenšovat
she decided on going into the garden at once
Rozhodla se, že půjde ihned do zahrady
but, alas for poor Alice!
ale běda ubohé Alence!
she got to the door
Dostala se ke dveřím
but she had forgotten the little golden key
ale zapomněla na ten zlatý klíček
she went back to the table for the key
Vrátila se ke stolu pro klíč
but she found she could not reach high enough
ale zjistila, že nemůže dosáhnout dost vysoko
she could see the key quite plainly through the glass
Přes sklo viděla klíč docela jasně
she tried to climb up the legs of the table
Pokusila se vylézt na nohy stolu
but the glass was far too slippery
ale sklo bylo příliš kluzké

eventually she tired herself out with trying
Nakonec se pokusy vyčerpaly
and the poor little girl sat down and cried
a ubohé děvčátko se posadilo a plakalo
Alice spoke to herself rather sharply
Alenka mluvila k sobě dosti ostře
"Come, there's no use in crying like that!"
"No tak, nemá smysl takhle brečet!"
"I advise you to stop right this minute!"
"Radím vám, abyste okamžitě přestal!"
She generally gave herself very good advice
Obecně si dávala velmi dobré rady
though she very seldom followed her own advice
i když se jen velmi zřídka řídila svými vlastními radami
and she sometimes was too harsh on herself
a někdy na sebe byla až příliš přísná
and her words brought tears into her eyes
a její slova jí vehnala slzy do očí
Soon her eye fell upon a little glass box
Brzy padl její zrak na malou skleněnou krabičku
the little glass box was lying under the table
Malá skleněná krabička ležela pod stolem
in the glass box was a very small cake
Ve skleněné krabici byl velmi malý dort
on the cake some words were beautifully written
Na dortu byla některá slova krásně napsaná
the words had been marked in currants
Slova byla označena rybízem
"EAT ME"
"Sněz mě"
"Well, I'll eat the cake," said Alice
"Nu, já ten koláč sním," řekla Alenka
"and if the cake makes me grow larger, I can reach the key"
"a když mě dort zvětší, dosáhnu na klíč"
**"and if the cake makes me grow smaller, I can creep under
the door"**
"a když mě ten dort zmenší, můžu se vplížit pod dveře"

"so either way I'll get into the garden"
"tak jako tak se dostanu do zahrady"
"and I don't care which of the two happens!"
"a je mi jedno, co z těch dvou se stane!"
She ate a little bit of the cake
Snědla kousek koláče
and she anxiously spoke to herself:
a úzkostlivě pravila sama k sobě:
"Which way? Which way?"
"Kudy? Kudy?"
and she held her hand on her head
a držela si ruku na hlavě
she wanted to feel which way she was growing
Chtěla cítit, jakým směrem roste
she was quite surprised to find what had happened
byla docela překvapena, když zjistila, co se stalo
she had remained the same size!
Zůstala stejně velká!
so this time she doubled her efforts
A tak tentokrát zdvojnásobila své úsilí
and soon she finished off the whole cake
a brzy celý koláč dojedla

The Pool of Tears
Kaluž slz

"This is getting more and more interesting!" cried Alice

"To začíná být čím dál zajímavější!" zvolala Alenka

You can see she was very surprised

Je vidět, že byla velmi překvapená

"I'm opening out like the largest telescope there ever was!"

"Otevírám se jako největší dalekohled, jaký kdy existoval!"

"Good-bye, feet! Oh, my poor little feet"

"Nashledanou, nohy! Ach, moje ubohé nožky"

"I wonder who will put on your shoes for you now, dears?"

"Zajímalo by mě, kdo vám teď obouvá boty, drahoušci?"

"and I wonder who will put on your stockings?"

"a zajímalo by mě, kdo ti oblékne punčochy?"

"I shall be a great deal too far away"

"Budu příliš daleko"

"I won't be able trouble myself about you anymore"

"Už si s tebou nebudu moci dělat starosti"

Just at this moment her head struck against something

V tu chvíli se její hlava o něco udeřila

she had reached the roof of the hall

Došla až na střechu sálu

in fact, she was now more than two meters tall

Ve skutečnosti byla nyní vysoká více než dva metry

and she at once took up the little golden key

a hned vzala do ruky zlatý klíček

and she hurried off to the garden door

a pospíchala k zahradním dveřím

Poor Alice! There was not much she could do

Ubohá Alenka! Nemohla toho moc dělat

she laid down on one side

lehla si na bok

and she looked through into the garden with one eye

a jedním okem nahlédla do zahrady

but to get through was more hopeless than ever

ale dostat se sem bylo beznadějnější než kdy jindy

She sat down and began to cry again

Posadila se a znovu se rozplakala
She went on shedding gallons of tears
Pokračovala v prolévání galonů slz
soon there was a large pool all around her
Brzy byla kolem ní velká kaluž
and the water reached half-way down the hall
a voda sahala až do poloviny chodby
After a time, she heard a little pattering of feet
Po chvíli zaslechla lehké cupitání nohou
she heard the feet coming from the distance
z dálky slyšela přicházet kroky
and she hastily dried her eyes to see what was coming
a rychle si osušila oči, aby viděla, co přijde
It was the White Rabbit returning
Byl to vracející se Bílý králík
he was splendidly dressed
Byl nádherně oblečen
he had a pair of white gloves in one hand
V jedné ruce držel pár bílých rukavic
and he had a large feather fan in the other hand
a v druhé ruce měl velký vějíř z peří
He came trotting along in a great hurry
Klusal ve velkém spěchu
and he muttered to himself, "Oh! the Duchess, the Duchess!"
a zamumlal si pro sebe: "Ach! Vévodkyně, vévodkyně!"
"Oh! won't she be savage if I've kept her waiting!"
"Ach! nebude divoká, když jsem ji nechal čekat!"

When the Rabbit came near her, Alice spoke
Když se k ní Králík přiblížil, Alenka promluvila
but she spoke in a low, timid voice
ale mluvila tichým, bázlivým hlasem
"sir, please stop what you're doing for one moment"
"Pane, prosím, přestaňte na okamžik s tím, co děláte"
The Rabbit startled violently
Králík sebou prudce polekal
he dropped the white gloves and the feather fan
Upustil bílé rukavice a vějíř z peří
and he scurried away into the darkness as fast as he could
a uháněl pryč do tmy, jak nejrychleji dovedl
Alice picked up the feather fan and gloves
Alenka sebrala vějíř a rukavice
and she kept fanning herself while she kept talking
a ona se ovívala, zatímco mluvila
"Dear, dear! How strange everything is today!"
"Drahý, drahý! Jak je to dnes všechno podivné!"
"yesterday things went on just as usual"

"Včera to šlo jako obvykle"

"Was I the same when I got up this morning?"

"Byl jsem stejný, když jsem dnes ráno vstal?"

"But if I'm not the same, there is another question"

"Ale pokud nejsem stejný, je tu jiná otázka"

"Who in the world am I?"

"Kdo proboha jsem?"

"Ah, that's the great puzzle!"

"Ach, to je ta velká hádanka!"

As she said this, she looked down at her hands

Když to říkala, podívala se dolů na své ruce

she was wearing one of the rabbits little white gloves

Měla na sobě jednu z králíkových malých bílých rukavic

she hadn't noticed she put the glove on while talking

Nevšimla si, že si rukavici nasadila, když mluvila

"How can I have done that?" she thought

"Jak jsem to mohla udělat?" pomyslela si

"I must be growing small again"

"Musím být zase malý"

She got up and went to the table to measure her height

Vstala a šla ke stolu, aby si změřila svou výšku

she found that she was now about half a meter tall

Zjistila, že je nyní asi půl metru vysoká

and she was still shrinking rapidly

a ona se stále rychle zmenšovala

She soon found out what the cause of the shrinking was

Brzy zjistila, co je příčinou tohoto zmenšování

the feather fan was making her smaller again!

Péřový vějíř ji zase zmenšoval!

and she dropped the feather fan hastily

a spěšně upustila péřový vějíř

she dropped the feather fan just in time to save herself

Upustila vějíř právě včas, aby se zachránila

had she fanned herself any longer she would have shrunk away entirely

Kdyby se ještě ovívala, byla by se úplně scvrkla

"That was a narrow escape!" said Alice

"To byl jen o vlásek únik!" řekla Alenka
and she was a good deal frightened at the sudden change
a ona se té náhlé změny velmi polekala
but she was very glad to find herself still in existence
ale byla velmi ráda, že zjistila, že ještě existuje
"And now, off to the garden!"
"A teď do zahrady!"
And she ran with all speed back to the little door
A běžela vší rychlostí zpátky k malým dveřím
but, alas! the little door was shut again
ale běda! Malá dvířka byla opět zavřená
and the little golden key was lying on the glass table again
a ten zlatý klíček zase ležel na skleněném stole
"Things are worse than ever," thought the poor child
"Věci jsou horší než kdy jindy," pomyslilo si ubohé dítě
"I never was so small as this before, never!"
"Nikdy předtím jsem nebyla tak malá, nikdy!"
As she said these words, her foot slipped
Při těchto slovech jí uklouzla noha
and in another moment there was a great splash!
a v dalším okamžiku se ozvalo velké šplouchnutí!
she was up to her chin in salt-water
byla až po bradu ve slané vodě
Her first idea was that she had somehow fallen into the sea
Její první myšlenka byla, že nějak spadla do moře
However, she soon realized what she was in
Brzy si však uvědomila, v čem je
she was in a pool of tears
byla v kaluži slz
the tears she had wept when she was two meters tall
Slzy, které plakala, když byla dva metry vysoká

Just then she heard something
V tu chvíli něco zaslechla
something was splashing about in the pool
Něco šplouchalo v bazénu
the splashing came from a little way off
Šplouchání přicházelo z malé dálky
and she swam nearer to see what the splashing was
a plavala blíž, aby se podívala, co je to za šplouchání
she soon saw that it was only a little mouse
brzy poznala, že je to jen malá myška
the little mouse had slipped in to the water too
Myška také vklouzla do vody
Alice thought to herself about the situation
Alenka se zamyslela nad situací
"Would it be of any use to speak to this mouse?"
"Mělo by smysl mluvit s tou myší?"
"Everything is so up-side-down down here"
"Všechno je tu tak vzhůru nohama"
"I should think very likely this mouse can talk"
"Řekl bych, že tahle myš pravděpodobně umí mluvit."

"at any rate, there's no harm in trying"
"V každém případě není na škodu to zkusit"
So she began trying to talk to the mouse
Začala se tedy snažit s myší mluvit
"Oh Mouse, do you know the way out of this pool?"
"Ach, Myško, znáš cestu ven z téhle tůně?"
"I am very tired of swimming about here, Oh Mouse!"
"Už mě nebaví tady plavat, ó Myško!"
The mouse looked at her rather inquisitively
Myš se na ni podívala dost zvědavě
the mouse seemed to wink with one of its little eyes
Myš jako by mrkala jedním ze svých malých očí
but the little mouse said nothing
ale myška neříkala nic
"Perhaps the mouse doesn't understand English," thought
Alice
"Snad myš nerozumí anglicky," pomyslila si Alenka
"I dare say it's a French mouse"
"Troufám si říct, že je to francouzská myš"
"perhaps this mouse came over with William the Conqueror"
"možná tato myš přišla s Vilémem Dobyvatelem"
So she began again, in French
Začala tedy znovu, francouzsky
"Where is my cat?" she asked in French
"Kde je moje kočka?" zeptala se francouzsky
it was the first sentence in her French lesson-book
byla to první věta v její učebnici francouzštiny
The Mouse gave a sudden leap out of the water
Myš náhle vyskočila z vody
and the mouse seemed to quiver all over with fright
a myš se zdála být celá chvějena strachem
"Oh, I beg your pardon!" cried Alice hastily
"Ó, prosím za odpuštění!" zvolala Alenka spěšně
she was afraid that she had hurt the poor animal's feelings
bála se, že se dotkla citů ubohého zvířátka
"I quite forgot you didn't like cats"
"Úplně jsem zapomněl, že nemáte rád kočky"

"I don't like cats!" cried the Mouse in a shrill, passionate voice

"Nemám ráda kočky!" zvolala Myška pronikavým, vášnivým hlasem

"Would you like cats, if you were me?"

"Chtěl bys na mém místě kočky?"

Alice comforted the mouse in a soothing tone

Alenka utěšovala myš konejšivým tónem

"Well, perhaps I would not like cats if I were you either"

"No, na tvém místě bych možná neměl rád kočky."

"please don't be angry about the mention of cats"

"Prosím, nezlobte se kvůli zmínce o kočkách"

"And yet I wish I could show you our cat Dinah"

"A přece bych si přála, abych vám mohla ukázat naši kočku Mindu"

"if you met her I think you'd take a fancy to cats"

"Kdybys ji potkal, myslím, že bys si oblíbil kočky"

"if you could only see her"

"Kdybys ji tak mohl vidět"

"She is such a dear, quiet thing"

"Je to taková drahá, tichá věc"

The mouse was shaking all over

Myš se třásla po celém těle

Alice felt certain the mouse must be really offended

Alenka byla jista, že myš musí být doopravdy uražena

"We won't talk about her any more, if you'd rather not"

"Už o ní nebudeme mluvit, pokud nechceš."

"We, indeed!" cried the Mouse

"Opravdu!" zvolala Myška

the mouse was trembling down to the end of its tail

Myš se třásla až po konec ocasu

"As if I would talk on such a subject!"

"Jako bych chtěl o něčem takovém mluvit!"

"Our family always hated cats"

"Naše rodina vždy nenáviděla kočky"

"cats; nasty, low, vulgar things!"

"kočky; Ošklivé, nízké, vulgární věci!"

"Don't let me hear the name again!"
"Nedovolte, abych znovu slyšel to jméno!"
"I won't mention cats again indeed!" said Alice
"O kočkách se opravdu nechci znovu zmiňovat!" řekla Alenka
she was in a great hurry to change the subject
Velmi spěchala, aby změnila téma
"Are you... are you fond of dogs?"
"Jste... Máte rád psy?"
"There is such a nice little dog near our house,"
"Nedaleko našeho domu je takový pěkný pejsek,"
"I should like to show you the little dog!"
"Ráda bych vám ukázala toho psíka!"
"this little dog kills all the rats and...
"Tento malý pes zabíjí všechny krysy a...
"oh, dear!" cried Alice in a sorrowful tone
"Ach, bože!" zvolala Alenka smutným tónem
"I'm afraid I've offended you again!"
"Obávám se, že jsem vás zase urazila!"
the mouse was swimming away from her as fast as it could go
Myš od ní plavala pryč, jak nejrychleji to šlo
and the mouse made quite a commotion in the pool
a myš způsobila v bazénu docela rozruch
So she called softly after the mouse
A tak tiše zavolala za myší
"my dear mouse, please come back!"
"Milá Myško, vrať se, prosím!"
"and we won't talk about cats"
"A nebudeme mluvit o kočkách"
"and we don't have to talk about dogs either"
"A nemusíme mluvit ani o psech"
When the mouse heard this, it turned around
Když to myš uslyšela, otočila se
and the little mouse swam slowly back to her
a myška zvolna plavala zpátky k ní
the mouse's face was quite pale
Myší tvář byla docela bledá

and the mouse spoke, in a low, trembling voice
a myš promluvila tichým, chvějícím se hlasem
"Let us get to the shore"
"Pojďme na břeh"
"and then I'll tell you my history"
"a pak vám povím svou historii"
"and you'll understand why it is I hate cats and dogs"
"a pochopíte, proč nenávidím kočky a psy"
It had become high time to go
Byl nejvyšší čas odejít
because the pool was getting quite crowded
protože bazén začínal být docela přeplněný
other birds and animals had fallen into the pool
další ptáci a zvířata spadli do tůně
there were a Duck and a Dodo
byla tam kachna a blboun největší
and there was a Lory bird and an Eaglet
a byla tam i Lory bird a Eaglet
and there were several other interesting looking creatures
a bylo tam několik dalších zajímavě vypadajících tvorů
Alice led the way out the pool
Alice vedla cestu ven z bazénu
and the whole party of animals swam to the shore
a celá skupina zvířat doplavala ke břehu

A caucus race and a long tail
Volební závod a dlouhý chvost
They were indeed a funny-looking bunch of animals
Byla to opravdu legračně vypadající banda zvířat
and they all assembled on the water's bank
a všichni se shromáždili na břehu vody
the birds all had bedraggled feathers
všichni ptáci měli rozcuchané peří
and the furry animals were soaked through
a chlupatá zvířátka byla promočená skrz naskrz
and all were dripping wet, annoyed and uncomfortable
a všichni byli mokří, otrávení a nepohodlní

there was one question that had to be answered first
Nejprve bylo třeba odpovědět na jednu otázku
what is the best way for everyone to get dry?
Jaký je nejlepší způsob, jak se všichni mohou osušit?
They had a consultation about this matter
O této záležitosti se poradili
soon they were all on familiar terms

Brzy se všichni dobře znali

it was as if she had known them all her life

bylo to, jako by je znala celý život

the mouse seemed to be a person of some authority

Myš se zdála být osobou s nějakou autoritou

"Sit down, all of you, and listen to me!

"Posaďte se všichni a poslouchejte mě!

I'll soon make you all dry again!"

"Brzy vás všechny zase usuším!"

They all sat down at once, in a large ring

Všichni se najednou posadili do velkého kruhu

and the little mouse sat in the middle

a myška seděla uprostřed

"Ahem!" said the mouse with an important air

"Ehm!" řekla myš s důležitým výrazem

"Are you all ready?"

"Jste všichni připraveni?"

"This is the driest thing I know"

"To je ta nejsušší věc, kterou znám"

"Silence all around, if you please!"

"Ticho všude kolem, prosím!"

"William the Conqueror was favoured by the pope"

"Vilém Dobyvatel byl papežem oblíbený"

"but he was soon submitted to by the English"

"ale brzy se mu podřídili Angličané"

"they wanted leaders of late"

"V poslední době chtěli lídry"

"and they had been accustomed to power and conquest"

"a byli zvyklí na moc a dobývání"

"Edwin and Morcar, the Earls of Mercia and Northumbria"

"Edwin a Morcar, hrabata z Mercie a Northumbrie"

"Ugh!" said the lori bird, with a shiver

"Fuj!" řekl pták lori a zachvěl se

"and even Stigand, the patriotic archbishop of Canterbury"

"a dokonce i Stigand, vlastenecký arcibiskup z Canterbury"

"he also found it advisable"

"Také to považoval za vhodné"

"What did he find advisable?" said the duck

"Co považoval za vhodné?" řekla kachna

"He found it advisable" the mouse replied rather crossly

"Považoval to za vhodné," odpověděla myš poněkud mrzutě

but the duck was not satisfied

ale kachna nebyla spokojena

"of course, you know what 'it' means"

"Samozřejmě, že víte, co znamená 'to'"

"I know what 'it' is when I find a thing," said the duck

"Vím, co to je, když něco najdu," řekla kachna

"it's generally a frog or a worm"

"obvykle je to žába nebo červ"

"The question is, what did the archbishop find?"

"Otázkou je, co arcibiskup zjistil?"

The mouse did not notice this question

Myš si této otázky nevšimla

instead, the mouse hurriedly went on with the speech

Místo toho myš spěšně pokračovala v řeči

"he found it advisable to go with Edgar Atheling"

"považoval za vhodné jít s Edgarem Athelingem"

"to meet William and offer him the crown"

"setkat se s Williamem a nabídnout mu korunu"

the mouse continued, turning to Alice as it spoke

pokračovala myš, obracejíc se při těch slovech k Alence

"How are you getting on now, my dear?"

"Jak se ti daří teď, má drahá?"

"As wet as ever," said Alice in a melancholy tone

"Tak mokrý jako vždycky," řekla Alenka melancholickým tónem

"this story doesn't seem to dry me at all"

"Zdá se, že mě tento příběh vůbec nevysušuje"

"In that case," said the dodo solemnly, rising to its feet

"V tom případě," řekl Blboun slavnostně a vstal

"I vote that the meeting be adjourned"

"Hlasuji pro odročení schůze"

"and I propose an immediate adoption of more energetic remedies"

"

"a navrhuji okamžité přijetí energičtějších prostředků"
"Speak real words!" said the eaglet
"Mluv opravdová slova!" řekl orel
"I don't know the meaning of half of those long words"
"Neznám význam poloviny těch dlouhých slov"
"and, what's more, I don't believe you know either!"
"a co víc, nevěřím, že to víš ani ty!"
"What I was going to say," said the dodo in an offended tone
"Co jsem chtěl říct," řekl Blboun uraženým tónem
"the best thing to get us dry would be a caucus-race"
"Nejlepší věc, která by nás osušila, by byl volební klání"
"What is a caucus-race?" said Alice
"Co je to volební klání?" zeptala se Alenka

"Well," said the dodo, "the best way to explain it is to do it"
"Nu," řekl Blboun nejkrásnější, "nejlepší způsob, jak to
vysvětlit, je udělat to."
"First the dodo marked out a race-course"
"Blboun první vyznačil dráhu závodu"
"the track was in a sort of circle"
"Skladba se točila v jakémsi kruhu"

"and then all the party were placed along the course"
"a pak se celá skupina rozmístila podél trati"
There was no "One, two, three and away!"
Nebylo tam žádné "Jedna, dvě, tři a pryč!"
but they began running when they liked
ale začali běhat, když se jim zachtělo
and they also finished when they liked
a také končili, když se jim zachtělo
so it was not easy to know when the race was over
Nebylo tedy jednoduché poznat, kdy je po závodě
after half an hour or so of running they were all quite dry
asi po půl hodině běhu byli všichni docela suchí
the dodo suddenly called out, "The race is over!"
Blboun náhle zvolal: "Závody jsou u konce!"
and they all crowded around the dodo
a všichni se shlukli kolem Blbouna nejapného
all the animals were panting and puffing
Všechna zvířata lapala po dechu a funěla
and they all wanted to know, "But who has won?"
a všichni chtěli vědět: "Ale kdo vyhrál?"
This question the dodo could not immediately answer
Na tuto otázku nemohl blboun okamžitě odpovědět
first he had to do a great deal of thinking
Nejprve musel hodně přemýšlet
after much thinking, the dodo finally spoke
Po dlouhém přemýšlení Blboun konečně promluvil
"Everybody has won, and all must have prizes"
"Každý vyhrál a všichni musí mít ceny"
"But who is to give the prizes?" asked a chorus of voices
"Ale kdo má ty ceny předat?" zeptal se sbor hlasů
"Well, she, of course," said the dodo
"No, ona, ovšem," řekl Blboun
and the dodo pointed with one finger to Alice
a Blboun ukázal prstem na Alenku
and the whole party of animals crowded around her
a celá skupina zvířat se kolem ní shlukla
they called out, in a confused way, "Prizes! Prizes!"

zmateně volali: "Ceny! Ceny!"
Alice had no idea what to do
Alenka neměla zdání, co si počít
in despair she put her hand into her pocket
V zoufalství strčila ruku do kapsy
and she pulled out a box of sweets
a vytáhla krabici sladkostí
luckily the salt-water had not got into the box
Slaná voda se naštěstí do bedny nedostala
and she handed the sweets around as prizes
a sladkosti rozdávala jako ceny
There was exactly one piece for everyone
Pro každého se našel přesně jeden kus
The next thing they had to do was to eat the sweets
Další věc, kterou museli udělat, bylo sníst sladkosti
this caused some noise and confusion
To způsobilo určitý hluk a zmatek
**the large birds complained that they could not taste their
sweets**
velcí ptáci si stěžovali, že nemohou ochutnat jejich sladkosti
the small ones choked and had to be patted on the back
Ti malí se dusili a museli je poplácávat po zádech
However, it was over at last
Konečně však bylo po všem
and they sat down again in a ring
a opět se posadili do kruhu
and they begged the mouse to tell them something more
a prosili myšku, aby jim ještě něco řekla
"You promised to tell me your history, you know," said Alice
"Slíbila jste mi, že mi povíte příběh svého života, nezapomněla
jste," řekla Alenka
and she made another little remark about cats in a whisper
a šeptem pronesla ještě jednu drobnou poznámku o kočkách
she didn't want to offend the mouse again
Nechtěla znovu urazit myš
the little mouse turned to Alice and sighed
myška se obrátila k Alence a vzdychla

"Mine is a long and a sad tale!"
"Můj příběh je dlouhý a smutný!"
"It is a long tail, certainly," said Alice
"Je to zajisté dlouhý ocas," řekla Alenka
and she looked down with wonder at the mouse's tail
a s údivem pohlédla dolů na myší ocásek
"but why do you call it a sad tail?"
"Ale proč tomu říkáte smutný ocas?"
And she kept on puzzling about it while the mouse was speaking
A lámala si nad tím hlavu při řeči myši
so that her idea of the tale was something like this
takže její představa příběhu byla asi taková,

                    "Fury said to
                  a mouse, That
                    he met in the
                      house, 'Let
                          us both go
                            to law: *I*
                            will prosecute
                            you.——
                          Come, I'll
                        take no denial:
                      We must have
                    the trial;
                      For really
                  this morning
            I've
          nothing
          to do.'
            Said the
              mouse to
                the cur,
                  'Such a
                    trial, dear
                      sir, With
                          no jury
                            or judge,
                            would
                            be wasting
                              our
                        breath.'
                      'I'll be
                    judge,
                  I'll be
              jury,'
          said
          cunning
            old
              Fury;
                'I'll
                  try
                    the
                        whole
                          cause,
                          and
                          condemn
                        you to
              death.'"

Fury said to a mouse, That he met in the house"
Fury řekl myši, že se setkal v domě."

Let us both go to law: I will prosecute you
Pojďme se oba soudit: budu vás stíhat
Come, I'll take no denial: We must have the trial
Pojďte, nebudu popírat: musíme mít soud
For really this morning I've nothing to do
Protože dnes ráno opravdu nemám co dělat
Said the mouse to the cur;
Řekla myš kletbě;
Such a trial, dear sir, With no jury or judge, would be wasting our breath
Takový proces, drahý pane, bez poroty nebo soudce, by byl ztrátou dechu
"I'll be judge, I'll be jury," said cunning old Fury
"Já budu soudce, budu porotce," řekl mazaný starý Fury
I'll try the whole cause, and condemn you to death
Vyzkouším celou věc a odsoudím vás k smrti
the mouse spoke severely to Alice
myš mluvila k Alence přísně
"You are not paying attention!"
"Nedáváte pozor!"
"What are you thinking of?"
"Na co myslíš?"
"I beg your pardon," said Alice very humbly
"Promiňte," řekla Alenka pokorně
"you had got to the fifth bend, I think?"
"Myslím, že jste se dostal do páté zatáčky?"
"You insult me by talking such nonsense!"
"Urážíte mě takovými nesmysly!"
and the mouse got up and walked away
a myš vstala a odešla
Alice called after the little mouse
Alice zavolala za malou myškou
"Please come back and finish your story!"
"Prosím, vraťte se a dokončete svůj příběh!"
And the others all joined in chorus
A všichni ostatní se sborově připojili
"Yes, please do finish your story!"

"Ano, prosím, dokonči svůj příběh!"
But the mouse only shook its head impatiently
Myš však jen netrpělivě zavrtěla hlavou
and the little mouse walked a little quicker
a myška šla o něco rychleji
I wish I had Dinah, our cat, here!" said Alice
"Kéž bych tu měla Mindu, naši kočku!" řekla Alenka
This caused a remarkable sensation among the party
To vyvolalo ve společnosti pozoruhodný rozruch
Some of the birds hurried off at once
Někteří ptáci okamžitě odspěchali
and a Canary called out in a trembling voice, to its children;
a Kanárek volal chvějícím se hlasem na své děti;
"Come away, my dears!"
"Pojďte pryč, miláčku!"
"It's high time you were all in bed!"
"Je nejvyšší čas, abyste byli všichni v posteli!"
with various excuses they all went away
S různými výmluvami všichni odešli
and Alice was soon left alone
a Alenka brzy zůstala sama
"I wish I hadn't mentioned Dinah!"
"Škoda, že jsem se nezmínila o Mindě!"
"Nobody seems to like her down here"
"Zdá se, že ji tady dole nikdo nemá rád"
"but I'm sure she's the best cat in the world!"
"ale jsem si jistá, že je to ta nejlepší kočka na světě!"
Poor Alice began to cry again
Ubohá Alenka se opět dala do pláče
because she felt very lonely and low-spirited
protože se cítila velmi osamělá a sklesá
In a little while, however, she again heard something
Za malou chvíli však opět něco zaslechla
a little pattering of footsteps in the distance
Malé cupitání kroků v dálce
and she looked up eagerly
a dychtivě vzhlédla

The rabbit sends in little Mr Bill
Králík pošle malého pana Billa

It was the white rabbit,trotting slowly back again
Byl to bílý králík, který zase pomalu klusal zpátky
he was looking about anxiously as he went
Cestou se úzkostlivě rozhlížel
he looked as if he had lost something
Vypadal, jako by něco ztratil
Alice heard him muttering to himself
Alenka ho slyšela, jak si pro sebe něco mumlá
"The Duchess! The Duchess! Oh, my dear paws!"
"Vévodkyně! Vévodkyně! Ach, mé drahé tlapky!"
"Oh, my fur and whiskers!"
"Ach, moje srst a vousy!"
"She'll get me executed, I'm sure of that"
"Ona mě nechá popravit, tím jsem si jistý"
"just as sure as ferrets are ferrets!"
"Stejně tak jistě, jako jsou fretky fretky!"
"Where can I have dropped my things, I wonder?"

"Zajímalo by mě, kam jsem mohl upustit své věci?"
Alice guessed in a moment what he was looking for
Alenka ihned uhodla, co hledá
he was looking for the feather fan
Hledal vějíř peří
and he was looking for the pair of white gloves
a hledal pár bílých rukavic
so she very good-naturedly began looking for the gloves
A tak se velmi dobromyslně začala po rukavicích poohlížet
and she looked for the feather fan too
a také se podívala po vějíři z peří
but the gloves and feather fan were nowhere to be seen
ale rukavice a vějíř z peří nebyly nikde vidět
everything seemed to have changed since her swim in the pool
Zdálo se, že se všechno změnilo od té doby, co plavala v bazénu
nothing was the same since she had been in the great hall
Nic nebylo jako dřív od té doby, co byla ve Velké síni
and the glass table had vanished
a skleněný stůl zmizel
and the little door wasn't there either
a malá dvířka tam také nebyla
Very soon the rabbit noticed Alice
Brzy si králík všiml Alenky
he called to her in an angry tone
Zavolal na ni rozzlobeným tónem
"Mary Ann, what are you doing out here?"
"Mary Ann, co tady děláš?"
"Run home this moment"
"Utíkej teď domů"
"and fetch me a pair of gloves and a feather fan!"
"A přineste mi pár rukavic a vějíř z peří!"
"and be quick about it!"
"A pospěšte si!"
Alice spoke to herself as she ran off
Alenka mluvila sama k sobě, když odběhla

"He must have mistaken me for his housemaid!"
"Asi si mě spletl se svou služkou!"
"How surprised he'll be when he finds out who I am!"
"Jak bude překvapený, až zjistí, kdo jsem!"
As she said this, she came upon a neat little house
Když to dořekla, narazila na úhledný domek
on the door of the house was a bright brass plate
Na dveřích domu byla zářivá mosazná deska
"W. RABBIT"
"W. KRÁLÍK"
She went in without knocking on the door
Vešla dovnitř, aniž by zaklepala na dveře
and she hurried straight upstairs
a spěchala rovnou nahoru
she worried that she might meet the real Mary Ann
bála se, že by mohla potkat skutečnou Mary Ann
because then she would be turned out of the house
protože pak by byla vyhozena z domu
and she wouldn't be able to find the feather fan and gloves
a nemohla by najít vějíř z peří a rukavice
Alice had found her way into a tidy little room
Alenka našla cestu do úhledného pokojíku
in the room was a table by the window
V místnosti byl stůl u okna
and on the table was a feather fan
a na stole byl péřový vějíř
and there were two or three pairs of tiny white gloves
a byly tam dva nebo tři páry malých bílých rukavic
she picked up the feather fan and a pair of the gloves
Sebrala vějíř z peří a pár rukavic
and she was just about to leave the room
a ona se právě chystala odejít z pokoje
but then her eyes fell upon a little bottle
ale pak její oči padly na malou lahvičku
She uncorked the bottle and put it to her lips
Odzátkovala láhev a přiložila si ji ke rtům
"I do hope it'll make me grow large again"

"Doufám, že díky tomu zase vyrostu"
"I'm tired of being such a tiny little thing!"
"Už mě nebaví být tak maličkou věcíčkou!"
Alice had hardly drunk half the bottle
Alenka vypila sotva polovinu láhve
her head was already pressing against the ceiling
její hlava už se tiskla ke stropu
and she had to stoop down
a musela se sehnout
to save her neck from being broken
aby zachránila svůj vaz před zlomením
She hastily put down the bottle
Spěšně láhev odložila
"That's quite enough"
"To je úplně dost"
"I hope I don't grow anymore"
"Doufám, že už nerostu"
Alas! It was too late to wish that!
Běda! Bylo příliš pozdě na to, abychom si to přáli!
She went on growing and growing
Rostla a rostla
and very soon she had to kneel down on the floor
a velmi brzy musela pokleknout na podlahu
and even then she went on growing
a i tak rostla
as a last resource she put one arm out of the window
Jako poslední útočiště vystrčila jednu ruku z okna
and she put one foot up the chimney
a vystrčila jednu nohu do komína
"Now I can do no more, whatever happens"
"Teď už nemohu dělat víc, ať se děje cokoli"
"What will become of me?"
"Co se mnou bude?"

Alice had a spot of luck
Alenka měla trochu štěstí
the little magic bottle had had its full effect
Malá kouzelná lahvička měla svůj plný účinek
and Alice grew no larger than she was
a Alenka již nevyrostla do větší velikosti, než byla
After a few minutes she heard a voice outside
Po několika minutách uslyšela venku hlas
and she stopped to listen to the voice
a zastavila se, aby naslouchala hlasu
"Mary Ann! Mary Ann!" said the voice
"Mary Ann! Mary Ann!" řekl hlas
"Fetch me my gloves this moment!"
"Přineste mi hned moje rukavice!"
Then came a little pattering of feet on the stairs
Pak se ozvalo malé cupitání po schodech
Alice knew it was the rabbit coming to look for her
Alenka věděla, že to králík přichází ji hledat
and she trembled till she shook the house

a třásla se, až se dům třásl
she quite forgot what her proportions were
úplně zapomněla, jaké jsou její proporce
she was a thousand times as large as the rabbit
byla tisíckrát větší než králík
and she had no reason to be afraid of a rabbit
a neměla důvod bát se králíka
Presently the rabbit came up to the door
Zanedlouho králík přišel ke dveřím
and the little rabbit tried to open the door
a králíček se pokusil otevříti dveře
the door started to open inwards
dveře se začaly otevírat dovnitř
but Alice's elbow was pressed hard against the door
Alenka však měla loket pevně přitisknutý ke dveřím
that attempt proved a failure
Tento pokus se ukázal jako neúspěšný
Alice heard the rabbit speak to himself
Alenka slyšela králíka mluvit sám k sobě
"Then I'll go around and get in through the window"
"Tak to obejdu a dostanu se dovnitř oknem"
"That you won't!" thought Alice
"To nebudete!" pomyslila si Alenka
and she waited a little again
a opět chvíli počkala
soon she heard the rabbit just under the window
Brzy uslyšela králíka přímo pod oknem
she suddenly spread out her hand
Náhle roztáhla ruku
and she made a snatch in the air
a chňapla po vzduchu
She did not get hold of anything
Nic se jí nepodařilo sehnat
but she heard a little shriek and a fall
ale zaslechla slabý výkřik a pád
and she heard a crash of broken glass
a uslyšela řinčení rozbitého skla

perhaps the rabbit had fallen
možná králík spadl
maybe he was in a green-house
Možná byl ve skleníku
Next came an angry voice; the rabbit's voice
Pak se ozval rozzlobený hlas; Králičí hlas
"Pat, where are you?"
"Pate, kde jsi?"
And then came a voice she had never heard before
A pak se ozval hlas, který nikdy předtím neslyšela
"your honour, I'm here!"
"Vaše ctihodnosti, jsem tady!"
"I'm digging for apples"
"Kopu jablka"
"Here! Come and help me out of this!"
"Tady! Pojďte a pomozte mi z toho!"
"Now tell me, Pat, what's that in the window?"
"A teď mi pověz, Pat, co je to v tom okně?"
"Sure, your honour, I will tell you"
"Jistě, vaše ctihodnosti, povím vám to"
"it's an arm that's in the window!"
"To je ruka, co je v okně!"
"Well, an arm has no business there"
"No, ruka tam nemá co dělat"
"go and take the arm away!"
"Jdi a vezmi tu paži pryč!"
There was a long silence after this
Poté nastalo dlouhé ticho
and Alice could only hear whispers now and then
a Alenka slyšela jen tu a tam šeptání
and at last she spread out her hand again
a nakonec znovu roztáhla ruku
and she made another snatch in the air
a udělala další chňapnutí do vzduchu
This time there were two little shrieks
Tentokrát se ozvaly dva malé výkřiky
and there was more sounds of broken glass

a ozvaly se další zvuky rozbitého skla
"I wonder what they'll do next!" thought Alice
"To jsem zvědavá, co udělají příště!" pomyslila si Alenka
"I wish they would pull me out the window"
"Přál bych si, aby mě vytáhli z okna"
She waited for some time
Nějakou dobu čekala
but for a while she didn't hear anything more
ale nějakou dobu už nic neslyšela
At last came a rumbling of little wheels
Konečně se ozvalo dunění malých koleček
and there came the sound of a good many voices
a ozvalo se mnoho hlasů
all the voices were talking together
Všechny hlasy mluvily spolu
She could make out some of the words
Dokázala rozeznat některá slova
"Where's the other ladder?"
"Kde je ten druhý žebřík?"
"Bill's got the other ladder"
"Bill má ten druhý žebřík"
"Bill, come here!"
"Bille, pojď sem!"
"Will the roof bear the load?"
"Unese střecha tu zátěž?"
"Who wants to go down the chimney?"
"Kdo chce jít komínem?"
"Nay, I shall not! You do it!"
"Ne, nebudu! Ty to dokážeš!"
"Here, Bill!"
"Tady, Bille!"
"The master says you've got to go down the chimney!"
"Mistr říká, že musíš jít dolů komínem!"
Alice drew her foot as far down the chimney as she could
Alenka stáhla nohu komínem tak daleko, jak jen mohla
and then she waited to see what was coming
a pak čekala, co přijde

she heard a little animal scratching and scrambling
Slyšela, jak se malé zvíře škrábe a škrábe
the little animal must be in the chimney
To zvířátko musí být v komíně
then she gave one sharp kick
Pak prudce kopla
and she waited to see what would happen next
a čekala, co se bude dít dál
she heard a general chorus of voices
Slyšela všeobecný chór hlasů
"There goes Bill!" they all said
"Támhle jde Vaněk!" řekli všichni
then she heard the rabbit's voice alone
Pak uslyšela jen zajícův hlas
"You by the hedge, catch him!"
"Vy u plotu, chyťte ho!"
there was another moment of silence
Nastala další chvíle ticha
and then there was another confusion of voices
a pak nastal další zmatek hlasů
"Hold up his head, Brandy"
"Zvedni mu hlavu, Brandy"
"be careful not to choke him"
"Dávej pozor, abys ho neudusil"
"What happened to you?"
"Co se s tebou stalo?"
Last came a little feeble, squeaking voice
Nakonec se ozval slabý, skřípavý hlásek
"Well, I hardly know no more"
"No, já už skoro nic nevím."
"thank you all, I'm better now"
"děkuji vám všem, už je mi lépe"
"there is one thing I can remember"
"je jedna věc, kterou si pamatuji"
"something comes at me like a train in a tunnel"
"Něco na mě přijde jako vlak v tunelu"
"and up I fly like a sky-rocket!"

"a já letím vzhůru jako nebeská raketa!"
there was a minute or two of silence
Následovala minuta nebo dvě ticha
and then they began moving about again
a pak se zase dali do pohybu
and Alice heard the Rabbit speak again
a Alenka slyšela opět Králíka mluvit
"A barrowful will do, to begin with"
"Pro začátek bude stačit plný vozík"
"A barrowful of what?" thought Alice
"Plnou mohylu čeho?" pomyslila si Alenka
But she was not kept in suspense for long
Nebyla však dlouho udržována v napětí
a shower of little pebbles came through the window
oknem pronikla sprška malých oblázků
and some of the little pebbles hit her in the face
a několik malých oblázků ji udeřilo do tváře
Alice was surprised about the little pebbles
Alenka byla překvapena malými oblázky
all the little pebbles were turning into cakes
Všechny ty malé oblázky se měnily v koláče
and a bright idea came into her head
a v hlavě se jí zrodil skvělý nápad
"I should eat one of these cakes"
"Měl bych sníst jeden z těchto koláčů"
"cake is sure to make some change in my size"
"dort určitě udělá nějakou změnu v mé velikosti"
So she swallowed one of the cakes
A tak jeden z koláčů spolkla
and she was delighted to find that she began shrinking
a byla potěšena, když zjistila, že se začíná zmenšovat
soon she was small enough to get through the door
brzy byla dost malá, aby prošla dveřmi
she ran out of the house
Vyběhla z domu
a crowd of little animals and birds were waiting outside
Venku čekal dav malých zvířat a ptáků

all the little birds and animals rushed at Alice
všichni ptáčci a zvířátka se na Alenku vrhli
but she ran off as fast as she could
ale utíkala, jak nejrychleji mohla,
and soon she found herself safe in a thick wood
a brzy se ocitla v bezpečí v hustém lese
Alice wandered about in the woods
Alenka se toulala lesem
and she thought to herself:
a pomyslila si:
"I know what I have to do first"
"Vím, co musím udělat jako první"
"first I have to grow to my right size again"
"nejprve musím znovu vyrůst do své správné velikosti"
"and then I have to find my way into that lovely garden"
"a pak musím najít cestu do té krásné zahrady"
"I suppose I ought to eat or drink something or other"
"Předpokládám, že bych měl něco sníst nebo vypít"
"but the question is what should I eat or drink?"
"Otázkou ale je, co mám jíst a pít?"
Alice looked all around her at the flowers
Alenka se rozhlédla kolem sebe po květinách
and she looked through the blades of grass
a dívala se skrz stébla trávy
but she could not see anything to eat or drink
ale neviděla nic, co by mohla jíst nebo pít
nothing looked like the right thing to eat or drink
Nic nevypadalo jako správná věc k jídlu nebo pití
There was a large mushroom growing near her
Poblíž ní rostla velká houba
the mushroom was about the same height as Alice
houba byla přibližně stejně vysoká jako Alenka
She stretched herself up on tiptoes
Protáhla se na špičkách
and she peeped over the edge of the mushroom
a vykoukla přes okraj hřibu
her eyes immediately met the eyes of a large blue caterpillar

Její oči se okamžitě setkaly s očima velké modré housenky
the caterpillar was sitting on the top of the mushroom
Housenka seděla na vrcholu houby
and the caterpillar had crossed all his arms
a housenka mu zkřížila všechny ruce
and he was quietly smoking a long hookah
a tiše kouřil dlouhou vodní dýmku
and he took not the smallest notice of anything
a ničeho si nevšímal ani v nejmenším
and he certainly didn't pay attention to Alice
a rozhodně nevěnoval pozornost Alici

Advice from a caterpillar
Rada od housenky

At last the caterpillar took the hookah out of its mouth
Konečně vyndala housenka dýmku z tlamy
and he addressed Alice in a languid, sleepy voice
a obrátil se k Alence malátným, ospalým hlasem
"Who are you?" said the caterpillar
"Kdo jsi?" zeptala se housenka

Alice replied, rather shyly, "I hardly know, sir"
Alenka odpověděla poněkud ostýchavě: "Ani nevím, pane."
"just at the moment it's all a bit..."
"V tuto chvíli je to všechno trochu..."
"I know who I was when I got up this morning""
"Vím, kdo jsem byl, když jsem dnes ráno vstal."
"but I think I must have changed several times since then"
"ale myslím, že jsem se od té doby musel několikrát změnit"
"What do you mean by that?" said the caterpillar
"Co tím myslíte?" řekla housenka
sternly the caterpillar asked her to explain herself

Housenka ji přísně požádala, aby to vysvětlila
"I can't explain myself, I'm afraid, sir," said Alice
"Obávám se, že si to nedovedu vysvětlit, pane," řekla Alenka
"because I'm not myself"
"protože nejsem sama sebou"
"you see, being so many different sizes in a day is very confusing"
"Víte, mít tolik různých velikostí za den je velmi matoucí"
She pulled herself up and said very gravely:
Vstala a řekla velmi vážně:
"I think you ought to tell me who you are, first"
"Myslím, že bys mi měl nejdřív říct, kdo jsi."
"Why?" said the caterpillar
"Proč?" řekla housenka
Alice could not think of any good reason
Alenka nemohla vymyslet žádný dobrý důvod
and the caterpillar seemed to be in a very unpleasant state of mind
a Housenka se zdála být ve velmi nepříjemném duševním rozpoložení
so she turned away
tak se otočila
"Come back!" the caterpillar called after her
"Vraťte se!" zavolala za ní housenka
"I've something important to say!"
"Musím ti říct něco důležitého!"
Alice turned and came back again
Alenka se otočila a opět se vrátila
"Keep your temper," said the caterpillar
"Zachovejte si chladnou hlavu," řekla housenka
"Is that all?" said Alice
"To je všechno?" řekla Alenka
and she swallowed her anger as well as she could
a spolkla svůj hněv, jak nejlépe dovedla
"No," said the caterpillar
"Ne," řekla housenka
the caterpillar unfolded its arms

Housenka rozpřáhla ruce
and he took the hookah out of his mouth again
a opět vytáhl dýmku z úst
and he said, "So you think you're changed, do you?"
a on řekl: "Takže si myslíte, že jste se změnil, že?"
"I'm afraid, I am changed, sir," said Alice
"Obávám se, že jsem se změnila, pane," řekla Alenka
"I can't remember things as I used to remember them"
"Nepamatuji si věci tak, jak jsem si je pamatovala"
"and I don't stay the same size for more than ten minutes!"
"a já nezůstávám ve stejné velikosti déle než deset minut!"
"What size do you want to be?" asked the caterpillar
"Jakou velikost chcete mít?" zeptala se housenka
"Oh, I don't particularly mind what size I am," Alice hastily replied
"Ó, mně vůbec nezáleží na tom, jaká jsem velká," odvětila Alenka spěšně
"I just don't like changing size so often, you know"
"Prostě nerada měním velikost tak často, víš"
"I would like to be a little larger, sir"
"Chtěl bych být trochu větší, pane."
"if you wouldn't mind," added Alice
"Kdyby vám to nevadilo," dodala Alenka
"Ten centimetres is such a wretched height to be"
"Deset centimetrů je tak ubohá výška"
"It is a very good height indeed!" said the caterpillar angrily
"To je opravdu velmi dobrá výška!" řekla housenka hněvivě
and he reared itself upright as he spoke
a vzpřímil se, když mluvil
he was exactly ten centimetres high
Byl vysoký přesně deset centimetrů
In a minute or two, the caterpillar got down off the mushroom
Za minutu nebo dvě housenka slezla z houby
and he crawled away into the grass
a odplazil se do trávy
as he went away, he made some little remarks

Když odcházel, pronesl několik drobných poznámek
"One side will make you grow taller"
"Díky jedné straně vyrostete"
"and the other side will make you grow shorter"
"a druhá strana tě zkrátí"
"One side of what?" thought Alice to herself
"Z jedné strany čeho?" pomyslila si Alenka pro sebe
"The other side of what?"
"Na druhé straně čeho?"
"the side of the mushroom," said the caterpillar
"Ta strana hřibu," řekla Housenka
it was as if she had asked her question aloud
Bylo to, jako by svou otázku položila nahlas
and in another moment, he was out of sight
a v dalším okamžiku zmizel z dohledu
Alice remained looking thoughtfully at the mushroom
Alenka zůstala zamyšleněhle na houbu
**she was trying to make out which were the two sides of the
mushroom**
Snažila se rozeznat, které jsou ty dvě strany houby
At last she stretched her arms around the mushroom
Konečně vztáhla ruce kolem houby
and she broke off a bit of the edges
a ulomila trochu hran
"And now, which side is which?" she said to herself
"A teď, která strana je která?" řekla si pro sebe
and she nibbled a little of the right-hand bit
a ona si ukousla trochu z kousku pravé ruky
**The next moment she felt a violent blow underneath her
chin**
V příštím okamžiku ucítila prudký úder pod bradou
her chin had struck her foot!
Její brada se dotkla nohy!
She was a good deal frightened by this very sudden change
Byla velmi vyděšena tou náhlou změnou
she was shrinking very rapidly
velmi rychle se zmenšovala

so she quickly ate some of the other bit of mushroom
Tak rychle snědla trochu té další houby
Her chin was pressed very closely against her foot
Bradu měla přitisknutou velmi těsně k noze
there was hardly room to open her mouth
nebylo tam skoro dost místa, aby otevřela ústa
but she did at last manage to open her mouth
Konečně se jí však podařilo otevřít ústa
and she swallowed a morsel of the left-hand bit
a spolkla sousto levého kousku
"my head's been freed at last!" said Alice
"Konečně mám volnou hlavu!" řekla Alenka
she looked down at herself
Podívala se na sebe
but all she could see was an immense length of neck
ale viděla jen nesmírně dlouhý krk
her neck seemed to rise like a stalk
její krk jako by se zvedal jako stéblo
and she looked down over a sea of green leaves
a dívala se dolů na moře zeleného listí
"Where have my shoulders gotten to?"
"Kam se poděla moje ramena?"
"And oh, my poor hands, how is it I can't see you?"
"A ach, moje ubohé ruce, jak to, že vás nevidím?"
but her neck did have one benefit
Ale její krk měl jednu výhodu
she could move her head in any direction
Mohla pohybovat hlavou libovolným směrem
in fact, she was just like a serpent
Ve skutečnosti byla jako had
she gracefully zigzagged her head down
Ladně sklopila hlavu dolů
and she moved her head through the trees
a pohybovala hlavou mezi stromy
but then she heard a sharp hiss
ale pak uslyšela ostré zasyčení
and she quickly pulled her head back

a rychle zaklonila hlavu
a large pigeon had flown into her face
Velký holub jí vletěl do obličeje
and the pigeon was violently with its wings
a holub prudce zasahoval křídly

"Serpent!" cried the pigeon
"Hade!" vykřikl holub
"I'm not a serpent!" said Alice indignantly
"Já nejsem had!" řekla Alenka rozhořčeně
"Leave me alone!"
"Nech mě na pokoji!"
"I've tried the roots of trees"
"Vyzkoušel jsem kořeny stromů"

"and I've tried hedges," the pigeon went on
"A zkoušel jsem křoviny," pokračoval holub
"but those serpents! There's no pleasing them!"
"Ale ti hadi! Nelze je potěšit!"
Alice was more and more puzzled
Alenka byla stále více a více zmatena
"As if it wasn't trouble enough hatching the eggs," said the pigeon
"Jako by to nestačilo s líhnutím vajec," řekl holub
"by night and day I must look out for serpents too!"
"ve dne v noci musím dávat pozor i na hady!"
"I had just found the highest tree in the forest"
"Právě jsem našel nejvyšší strom v lese"
"surely I'd be free from serpents here?"
"Určitě bych tu byl bez hadů?"
"and out comes a serpent from the sky!"
"A z nebe vychází had!"
"But I'm not a serpent, I tell you!" said Alice
"Ale já nejsem had, to vám říkám!" řekla Alenka
"I'm a... I'm a... I'm a little girl," she added rather doubtfully
"Jsem... Jsem... Jsem malá holka," dodala trochu pochybovačně
she had after all been going through a lot of changes
Koneckonců prošla mnoha změnami
"You're looking for eggs," said the pigeon
"Hledáte vejce," řekl holub
"I know that for a fact"
"Vím to jako fakt"
"and what does it matter if you're a little girl or a serpent?"
"A co záleží na tom, jestli jsi holčička nebo had?"
"It matters a good deal to me," said Alice hastily
"Na tom mi velmi záleží," řekla Alenka spěšně
"but I'm not looking for eggs, as it happens"
"ale já nehledám vajíčka, jak se to stává"
"and I wouldn't want your eggs anyway"
"a stejně bych nechtěl vaše vajíčka"
"I don't like my eggs raw"
"Nemám rád svá vejce syrová"

"Well, be off then!" said the pigeon in a sulky tone
"Tak tedy jděte!" řekl holub mrzutým hlasem
and the pigeon settled down again into its nest
a holub se opět usadil ve svém hnízdě
Alice crouched down among the trees as well as she could
Alenka se shýbala mezi stromy, jak nejlépe dovedla
her neck kept getting entangled among the branches
krk se jí stále zaplétal do větví
every now and then she had to stop and untwist her neck
Tu a tam se musela zastavit a rozmotat si krk
After awhile she remembered the mushroom
Po chvíli si na houbu vzpomněla
she still held the pieces of mushroom in her hands
Stále držela v rukou kousky houby
and she set to work very carefully
a pustila se do práce velmi pečlivě
first she nibbled at one piece
Nejprve uždibovala jeden kus
and then she nibbled at the other piece
a pak se zakousla do druhého kousku
sometimes she grew taller
někdy vyrostla
and sometimes she grew shorter
a někdy se zkracovala
but finally she achieved her usual height
Nakonec však dosáhla své obvyklé výšky
she hadn't been her own height for some time
už nějakou dobu nebyla sama sobě vysoká
so everything felt strange for a while
Takže všechno mi na chvíli připadalo divné
"The next thing to do is to get into that beautiful garden"
"Další věc, kterou musíte udělat, je dostat se do té krásné
zahrady"
"how is that to be done, I wonder?"
"Zajímalo by mě, jak se to má udělat?"
As she said this, she came upon an open place
Jak to dořekla, došla na volné prostranství

there was a little house, a bit higher than a metre
Byl tam malý domek, o něco vyšší než metr
"I wonder who lives in this little house"
"Zajímalo by mě, kdo žije v tomto malém domku"
"I certainly can't go in as big as I am"
"Určitě nemůžu jít do toho tak velká, jak jsem"
"I would frighten them terribly!"
"Strašně bych je vyděsil!"
so she nibbled at the little mushroom again
Tak si tu houbičku znovu ukousla
and soon she brought herself down thirty centimetres
a brzy se srazila o třicet centimetrů

A pig and some pepper
Prase a trochu pepře
For a minute or two she stood looking at the house
Minutu nebo dvě stála a dívala se na dům
suddenly a footman came running out of the woods
Náhle vyběhl z lesa lokaj
he was wearing a special livery uniform
Měl na sobě speciální livrejovou uniformu
judging by his face only, she would have called him a fish
soudě jen podle jeho tváře, byla by ho nazvala rybou
and he rapped loudly at the door with his knuckles
a hlasitě zaklepal klouby prstů na dveře
the door was opened by another footman
Dveře otevřel další lokaj
this footman too was wearing a special livery
I tento lokaj měl na sobě speciální livrej
this footman had a round face and large eyes like a frog
Tento lokaj měl kulatý obličej a velké oči jako žába

The footman that looked like a fish initiated the ceremony
Lokaj, který vypadal jako ryba, zahájil obřad
he pulled out something from under his arm
Vytáhl něco zpod paže
and he pulled out from under his arm an envelope
a vytáhl zpod paže obálku
and this envelope he handed over to the other footman
a tuto obálku předal druhému lokajovi
in a ceremonious tone he told him the orders
Obřadným tónem mu sdělil rozkazy
"This message is for the Duchess"
"Tato zpráva je pro vévodkyni"
"An invitation from the queen to play croquet"
"Pozvání od královny ke hře kroketu"
The footman that looked like a frog repeated the order
Lokaj, který vypadal jako žába, zopakoval rozkaz
"from the queen"
"Od královny"
"an invitation"
"pozvánka"
"for the Duchess"
"pro vévodkyni"
"playing croquet"
"Hraní kroketu"
Then they both bowed low
Pak se oba hluboce uklonili
and the curls in their wigs got entangled together
a kudrlinky v jejich parukách se zapletly do
soon the footman that looked like a fish was gone
Lokaj, který vypadal jako ryba, brzy zmizel
but the footman that looked like a frog was still there
ale lokaj, který vypadal jako žába, tam stále byl
he was sitting on the ground near the door
Seděl na zemi u dveří
he was staring stupidly up into the sky
hloupě zíral na oblohu
Alice went timidly up to the door and knocked

Alenka přistoupila nesměle ke dveřím a zaklepala
"There's no use in knocking," said the footman
"Klepat nemá smysl," řekl lokaj
"and that is for two reasons"
"A to ze dvou důvodů"
"First, because I'm on the same side of the door as you are"
"Za prvé proto, že jsem na stejné straně dveří jako ty"
"secondly, because they're making so much noise inside"
"Za druhé, protože uvnitř dělají tolik hluku"
"no one could possibly hear you"
"Nikdo vás nemohl slyšet"
**And there certainly was a most extraordinary noise going on
within**
A uvnitř se skutečně odehrával neobyčejný hluk
a constant howling and sneezing
Neustálé kvílení a kýchání
and every now and then a sound of great crashing
a tu a tam se ozval zvuk velkého třesku
as if a dish or kettle had been broken to pieces
jako by se nádobí nebo konvice rozbily na kusy
"How am I to get in?" asked Alice
"Jak se dostanu dovnitř?" zeptala se Alenka
"Should you get in at all?" said the footman
"Měl byste se vůbec dostat dovnitř?" zeptal se lokaj
"That's the first question, you know"
"To je první otázka, víš"
Alice opened the door and went in
Alenka otevřela dveře a vešla dovnitř
The door led right into a large kitchen
Dveře vedly přímo do velké kuchyně
the kitchen was full of smoke from one end to the other
Kuchyně byla plná kouře z jednoho konce na druhý
in the middle of the kitchen was the Duchess
uprostřed kuchyně stála vévodkyně
she was sitting on a three-legged stool
Seděla na třínohé stoličce
and she was nursing a baby

a ona kojila dítě
the cook was leaning over the fire
Kuchařka se nakláněla nad ohněm
he was stirring a large caldron
míchal velký kotel
and the caldron seemed to be full of soup
a zdálo se, že kotel je plný polévky
"There's certainly too much pepper in that soup!" Alice said to herself
"V té polévce je určitě příliš mnoho pepře!" řekla si Alenka pro sebe
she said it as best she could without sneezing
Řekla to, jak nejlépe uměla, aniž by kýchla
Even the Duchess sneezed occasionally
Dokonce i vévodkyně občas kýchla
but the baby's actions were the most noteworthy
Ale počínání dítěte bylo nejpozoruhodnější
the baby was sneezing and howling alternately
Dítě střídavě kýchalo a vylo
there was not a moment's pause between howling and sneezing
Mezi vytím a kýchnutím nebyla ani chvilka pauzy
There were two creatures in the kitchen that did not sneeze
V kuchyni byla dvě stvoření, která nekýchala
the cook was too busy to sneeze
Kuchař byl příliš zaneprázdněn, než aby kýchl
and the large cat did not seem to mind the pepper
a velké kočce zřejmě pepř nevadil
instead, the large cat was grinning from ear to ear
Místo toho se velká kočka usmívala od ucha k uchu
"Please would you tell me," said Alice, a little timidly
"Řekla byste mi, prosím," řekla Alenka trochu ostýchavě
"why is your cat grinning like that?"
"Proč se tvoje kočka tak šklebí?"
"It's a Cheshire-Cat," said the Duchess
"Je to kočka Šklíba," řekla vévodkyně
"and that's why he's grinning from ear to ear"

"A to je důvod, proč se usmívá od ucha k uchu"
"I didn't know that a Cheshire-Cat always grinned"
"Nevěděl jsem, že se Šklíbská kočka vždycky usmívá"
"in fact, I didn't know that cats could grin," said Alice
"Vlastně jsem nevěděla, že se kočky mohou šklebit," řekla
Alice
"there is much you don't know," said the Duchess
"je toho hodně, co nevíte," řekla Vévodkyně.
"there is much you don't know and that's a fact"
"Je toho hodně, co nevíte, a to je fakt"
Just then the cook took the caldron of soup off the fire
V tu chvíli kuchař sundal z ohně kotlík s polévkou
and at once she started throwing everything within her reach
a okamžitě začala házet všechno, co jí přišlo do ruky
she threw everything she could at the Duchess and the babe
házela na vévodkyni a děťátko všechno, co mohla.
first she threw the fire-irons
Nejdřív hodila ohnivá železa
then she threw a handful of saucepans
Pak hodila hrst hrnců
and finally she threw the plates and dishes
a nakonec házela talíře a nádobí
The Duchess took no notice of her
Vévodkyněsi si jí nevšímala
even when she was hit by a plate she did not worry
i když ji zasáhl talíř, nedělala si starosti
the baby was already howling so much
Dítě už tak moc vylo
**so it was impossible to say whether the blows hurt the baby
or not**
takže se nedalo říct, jestli ty rány miminko bolely nebo ne
"Oh, please mind what you're doing!" cried Alice
"Ach, prosím vás, dávejte pozor, co děláte!" zvolala Alenka
and she jumped up and down in an agony of terror
a poskakovala nahoru a dolů v agónii hrůzy
the Duchess offered Alice the baby
Vévodkyně nabídla Alici děťátko

"Here! You may nurse the baby a bit, if you like!"
"Tady! Můžeš to dítě trochu nakojit, jestli chceš!"
and she flung the baby at her as she spoke
a mrštila po sobě dítětem, když mluvila
"I must go and get ready to play croquet with the queen"
"Musím jít a připravit se na hru kroketu s královnou"
and she hurried out of the room
a vyběhla z pokoje
Alice caught the baby with some difficulty
Alice chytila mládě s jistými obtížemi
because it was a very odd-shaped little creature
protože to bylo velmi podivně tvarované malé stvoření
and the baby held out its arms and legs in all directions
a dítě natáhlo ruce a nohy na všechny strany
"I better take this child away with me," thought Alice
"Raději vezmu toto dítě s sebou," pomyslila si Alenka
"they're sure to kill this baby in a day or two"
"Určitě to dítě zabijí za den nebo dva"
"Wouldn't it be murder to leave this baby behind?"
"Nebyla by to vražda nechat tohle dítě doma?"
She said the last words out loud
Poslední slova řekla nahlas
and the little thing grunted in reply
a to malé stvořeníčko zabručelo v odpověď
"you best not turn into a pig, my dear," said Alice
"Raději se neměň ve vepříka, má drahá," řekla Alenka
"or else I'll have nothing more to do with you"
"Jinak s tebou už nebudu mít nic společného."
Alice was just beginning to think to herself:
Alenka se právězačínala domnívati:
"Now, what am I to do with this creature, when I get it home?"
"A co si počnu s tím tvorem, až ho dostanu domů?"
but then the little creature grunted a little violently
ale pak stvořeníčko trochu prudce zavrčelo
and Alice looked down into its face in some alarm
a Alenka pohlédla mu do tváře s jistým znepokojením

This time there could be no mistake about it
Tentokrát se nemohlo mýlit
it was neither more nor less than a pig
nebylo to nic víc ani míň než prase
so she set the little creature down
A tak stvořeníčko položila na zem
and the little creature trot away quietly into the wood
a stvořeníčko tiše odklusalo do lesa
Alice felt quite relieved to see the creature go
Alence se velmi ulevilo, když viděla stvůrce odcházet
Alice was a little startled by seeing the Cheshire-Cat
Alenka sebou trochu polekala, když spatřila Kašmírskou kočku
it was sitting on a bough of a tree a few yards off
Seděl na větvi stromu pár metrů od něj
The cat only grinned when it saw her
Kočka se jen usmála, když ji uviděla
"Cheshire-cat," began Alice, rather timidly
"Šklíbská kočka," začala Alenka poněkud ostýchavě
"would you please tell me which way I ought to go from here?"
"Mohl byste mi prosím říci, kudy mám odsud jít?"
"In that direction," the cat said
"Tímhle směrem," řekla kočka
and it waved the right paw around
a mávl pravou tlapkou kolem sebe
"In that direction lives a maker of hats"
"V tomto směru žije výrobce klobouků"
and then the cat waved its other paw
a pak kočka mávla druhou tlapkou
"and in that direction lives a march hare"
"A v tom směru žije zajíc pochodový"
"Visit either you like; they're both mad"
"Navštivte, co chcete; Oba jsou šílení."
"But I don't want to go among mad people," Alice remarked
"Ale já nechci jít mezi šílené lidi," poznamenala Alenka
"Oh, you can't help that," said the Cat

"Ó, s tím si nemůžete pomoci," řekla Kočka
"we're all mad here"
"Všichni jsme tu šílení"
"are you playing croquet with the queen today?"
"Hrajete dnes kroket s královnou?"
"I would like to very much," said Alice
"Velmi ráda bych," řekla Alice
"but I haven't been invited yet"
"ale ještě jsem nebyl pozván"
"You'll see me there," said the Cat
"Tam mě uvidíte," řekla Kocour
and from one moment to the next the cat vanished
a kočka z jednoho okamžiku na druhý mizela
soon Alice got in sight of the house of the march hare
brzy se Alenka dostala na dohled domečku zajíce březňáka
this was a very large house
Byl to velmi velký dům
so Alice did not want to go near the house
Alenka se tedy nechtěla přibližovat k domu
first she had to nibble some more of the left side bit of mushroom
Nejdřív musela ukousnout ještě kousek houby na levé straně

a mad tea-party
Šílený čajový dýchánek
In front of the house there was a tree
Před domem stál strom
and under the tree there was a table
a pod stromem byl stůl
and the table was set with all sorts of cutlery
a stůl byl prostřen všelijakými příbory
the march hare and the hat maker were at the table
Zajíc březňák a kloboučník seděli u stolu
and together they were having tea
a společně popíjeli čaj
a dormouse was sitting between them
Mezi nimi seděl plch
and the dormouse was fast asleep
a Plch tvrdě spal
The table was of extraordinary size
Stůl byl mimořádně velký
but most of the table was unoccupied
ale většina stolu byla neobsazená
they sat crowded together at one corner of the table
seděli namačkáni v jednom rohu stolu
and yet they made excuses when they saw Alice
a přece se vymlouvali, když viděli Alenku
"No room! No room!" they cried out
"Není místo! Žádné místo!" křičeli
"There's plenty of room!" said Alice indignantly
"Místa je tu dost!" řekla Alenka rozhořčeně
at one end of the table there was a large arm-chair
Na jednom konci stolu stálo velké křeslo
and Alice sat herself in the armchair
a Alenka se posadila do křesla
the hat maker opened his eyes very wide
kloboučník otevřel oči dokořán
he couldn't believe what he was seeing
nemohl uvěřit tomu, co vidí
but his mind was curious about other things

ale jeho mysl byla zvědavá na jiné věci
"Why is a raven like a writing-desk?"
"Proč je havran jako psací stůl?"
Alice was open to the challenge
Alice byla této výzvě otevřená
"I'm glad they've begun asking riddles"
"Jsem rád, že se začali ptát na hádanky"
"I believe I can guess that," she added aloud
"To věřím, že dokážu odhadnout," dodala nahlas
The march hare grew curious about Alice
Zajíc březňák se začal zajímat o Alenku
"Do you really think you can find the answer?"
"Opravdu si myslíš, že dokážeš najít odpověď?"
"I think I can find the answer indeed," said Alice
"Myslím, že opravdu najdu odpověď," řekla Alenka
**"Then you should say what you mean," the march hare went
on**
"Tak to bys měl říct, co si myslíš," pokračoval zajíc pochodový
"I do say what I mean," Alice hastily replied
"Říkám, co mám na mysli," odpověděla Alenka spěšně
"at the very least I mean what I say"
"přinejmenším myslím vážně to, co říkám"
"that's the same thing, you know"
"To je to samé, víš"
the dormouse also contributed to the conversation
Do konverzace přispěl i plch
but the dormouse seemed to be talking in its sleep
ale Plch se zdál mluviti ze spaní
"I breathe when I sleep"
"Dýchám, když spím"
"I sleep when I breathe!"
"Spím, když dýchám!"
"you might as well say they are the same too"
"To bys mohl říct, že jsou taky stejní."
"It is the same thing with you," said the hat maker
"S vámi je to stejné," řekl kloboučník
and he poured a little tea on the dormouse's nose

a nalil plchu na nos trochu čaje
The Dormouse shook its head impatiently
Sedmispánetrpělivězavrtěl hlavou
and again the dormouse spoke, without opening its eyes
A opět promluvil Plch, aniž otevřel oči
"Of course, of course it is the same"
"Samozřejmě, samozřejmě, že je to stejné."
"that's just what I was going to say myself"
"to jsem chtěl říct sám"

The hat maker turned to Alice and asked another question
Klobučník se obrátil k Alence a položil další otázku
"Have you guessed the riddle yet?"
"Už jste uhodl tu hádanku?"
"No, I give up," Alice conceded
"Ne, vzdávám to," připustila Alice
"What's the answer?" she wanted to know
"Jaká je odpověď?" chtěla vědět
"I haven't the slightest idea," said the hat maker
"Nemám nejmenší tušení," řekl klobučník

"Nor do I know," said the march hare
"Ani já nevím," řekl zajíc pochodňový
Alice gave a weary sigh
Alenka si unaveně povzdechla
"there are better uses of time than riddles without answers"
"Čas se dá využít lépe než hádanky bez odpovědí"
"have some more tea," the march hare said to Alice, very earnestly
"dejte si ještě trochu čaje," řekl zajíc březňák Alence velmi vážně
Alice was quite offended by the offer
Alice byla tou nabídkou docela uražena
"I've had not had tea yet," Alice replied
"Ještějsem nepila čaj," odpověděla Alenka
"therefore I can't have any more tea"
"proto si už nemůžu dát čaj"
"You mean you can't have less tea," said the hat maker
"Chcete říct, že nemůžete mít méně čaje," řekl kloboučník
"it's very easy to take more than nothing"
"Je velmi snadné vzít si více než nic"
At this, Alice got up and walked off
Na to Alenka vstala a odešla
The dormouse fell asleep instantly
Plch okamžitě usnul
and neither of the others took the least notice of her going
a ani jeden z ostatních si jejího odchodu ani v nejmenším nevšiml
though she looked back once or twice
i když se jednou nebo dvakrát ohlédla
they were trying to put the dormouse into the tea-pot
Pokoušeli se strčit plcha do konvice
"At any rate, I'll never go there again!" said Alice
"V každém případě tam už nikdy nepůjdu!" řekla Alenka
and she walked her way through the woods
a kráčela lesem
"that was the stupidest tea-party I've ever been to"
"to byl ten nejhloupější čajový dýchánek, na kterém jsem kdy

byla"
Just as she said this, she noticed something
Právě když to řekla, všimla si něčeho
one of the trees had a door leading right into it
Jeden ze stromů měl dveře, které vedly přímo dovnitř
"That's very interesting!" she thought
"To je velmi zajímavé!" pomyslela si
"I think I may as well go through the door"
"Myslím, že bych mohl jít do dveří."
And through the door she went
A ona prošla dveřmi
Once more she found herself in the long hall
Znovu se ocitla v dlouhé síni
again she was close to the little glass table
Opět stála blízko malého skleněného stolku
she took the little golden key
Vzala si malý zlatý klíč
and she unlocked the door that led into the garden
a odemkla dveře, které vedly do zahrady
Then she set to work nibbling at the mushroom
Pak se pustila do okusování houby
she had kept a piece of the mushroom in her pocket
Kousek houby si nechala v kapse
and finally she was about a metre tall
a nakonec byla asi metr vysoká
then she walked down the little corridor
Pak kráčela malou chodbičkou
and then she finally found herself in the beautiful garden
a pak se konečně ocitla v té krásné zahradě
and she was among the bright flower and the cool fountains
a byla mezi jasnými květinami a chladnými fontánami

The queen's croquet ground
Královnin kroketový ground
A large rose-tree stood near the entrance of the garden
U vchodu do zahrady stál velký růžový keř
the roses growing on the tree were white
Růže rostoucí na stromě byly bílé
but there were three gardeners painting the rose
ale byli tam tři zahradníci, kteří růži malovali
they were busily painting the roses red
Pilně natírali růže na červeno
and Alice was watching them paint the roses red
a Alenka se dívala, jak malují růže na červeno
and suddenly their eyes chanced to fall upon Alice
a náhle jejich oči náhodou padly na Alenku
Alice spoke a little timidly
Alenka mluvila trochu ostýchavě
"Would you tell me, please;"
"Mohl byste mi to říct, prosím."
"why are you all painting those roses?"
"Proč všichni malujete ty růže?"
five and seven said nothing, but looked at two
Pětka a sedm neřekli nic, jen se podívali na dva
two spoke, in a low voice
dva mluvili, tichým hlasem
"Why, the fact is, you see, madam"
"Víte, skutečnost je taková, madam"
"this here ought to have been a red rose-tree"
"Tohle by měl být červený růžový keř"
"and we put a white rose-tree in by mistake"
"a omylem jsme tam vložili bílý růžový keř"
"as you would agree, the queen must not find out"
"Jak jistě souhlasíte, královna se to nesmí dozvědět"
"else we would all have our heads cut off"
"Jinak by nám všem usekli hlavy"
"So you see, madam, we're doing our best"
"Tak vidíte, madam, děláme, co je v našich silách."
card five had been anxiously looking across the garden

Karta pět se úzkostlivě rozhlížela po zahradě
At this moment card five called out, "The queen! The queen!"
V tu chvíli karta pět volala: "Královna! Královna!"
and the three gardeners instantly scurried away
a tři zahradníci okamžitě odběhli pryč
and they threw themselves flat upon their faces
a vrhli se tváří k zemi
There was a sound of many footsteps
Ozvalo se mnoho kroků
Alice looked around, eager to see the queen
Alenka se rozhlédla kolem sebe, dychtivá spatřit královnu
At the start of the procession were ten soldiers
Na začátku průvodu stálo deset vojáků
their hands and feet were in the corners
ruce a nohy měli v rozích
and in their hands and feet were clubs
a v jejich rukou a nohou byly kyje
next came the ten courtiers
Jako další přišlo deset dvořanů
the courtiers were ornamented all over with diamonds
Dvořané byli po celém těle ozdobeni diamanty
After the courtiers came the royal children
Po dvořanech přišly královské děti
there were ten of the royal children
Královských dětí bylo deset
and all the royal children were ornamented with hearts
a všechny královské děti byly ozdobeny srdíčky
Next came the guests; mostly kings and queens
Za nimi přišli hosté; většinou králové a královny
and among the kings and queen Alice saw someone
a mezi králi a královnou viděla Alenka někoho
she saw again the white rabbit she had chased
Znovu spatřila bílého králíka, kterého pronásledovala
The procession was followed the knave of hearts
Průvod šel za ním srdcový kluk
he was carrying the king's crown

nesl královskou korunu
and the king's crown was on a crimson velvet cushion
a královská koruna byla na karmínové sametové podušce
and then came the end of this grand procession
a pak přišel konec tohoto velkého průvodu
and there at the end were the king and queen of hearts
a tam na konci byli Král a Královna srdcí
the procession came opposite to Alice
průvod šel proti Alence
and they all stopped and looked at her
a všichni se zastavili a podívali se na ni
and the queen said severely, "Who is this?"
a královna řekla přísně: "Kdo je to?"
She said it to the Knave of Hearts
Řekla to Srdcovému Klukovi
but he just bowed and smiled in reply
ale on se jen uklonil a usmál se v odpověď
Alice spoke very politely
Alenka mluvila velmi zdvořile
"My name is Alice, so please your majesty"
"Jmenuji se Alice, tak prosím Vaše Veličenstvo"
but she had other thoughts to herself
ale měla pro sebe jiné myšlenky
"they're only a pack of cards, after all!"
"Vždyť jsou to jen balíčky karet!"
"Can you play croquet?" shouted the queen
"Umíte hrát kroket?" zvolala královna
The question was evidently meant for Alice
Otázka byla zřejmě míněna Alence
"Yes!" said Alice loudly
"Ano!" zvolala Alenka hlasitě
"Come play then!" roared the queen
"Tak pojďte hrát!" zařvala královna
a timid voice spoke to Alice
ostýchavý hlas promluvil k Alence
"it's a very fine day!"
"Je to moc hezký den!"

She was walking by the white rabbit
Procházela se kolem bílého králíka
and the White Rabbit was peeping anxiously into her face
a Bílý Králík jí úzkostlivěpokujoval do tváře
"a very fine day indeed," confirmed Alice
"to byl opravdu velmi pěkný den," potvrdila Alenka
"Where's the duchess?"
"Kde je vévodkyně?"
"Hush! Hush!" said the Rabbit
"Pst! Pst!" řekl Králík
"She's under sentence of execution"
"Je pod trestem popravy"
"What is she being executed for?" asked Alice
"Za co je popravena?" zeptala se Alenka
"She scuffed the queen's ears," the rabbit began
"Odřela královně uši," začal králík
the queen shouted in a voice of thunder
Královna vykřikla hromovým hlasem
"Get to your places!"
"Jděte na svá místa!"
and people began running about in all directions
a lidé začali pobíhat na všechny strany
and they all tumbled up against each other
a všichni se zřítili jeden na druhého
However, they got settled down in a minute or two
Za minutu nebo dvě se však usadili
and then the game began
a pak začala hra
Alice had never seen such a curious croquet ground
Alenka ještě nikdy neviděla tak podivný kroketový trávník
the grass was all ridges and furrows
Tráva byla samá rýha a brázdy
The croquet balls were real hedgehogs
Kroketové koule byli skuteční ježci
and the mallets were real flamingos
a ty palice byli skuteční plameňáci
and the soldiers stood on their hands and feet

a vojáci stáli na rukou i na nohou
because the arches was made from their bodies
protože oblouky byly vytvořeny z jejich těl
The players all played at once
Všichni hráči hráli najednou
nobody waited for their turns
nikdo nečekal, až na něj přijde řada
and everyone quarrelled with everyone
a každý se s každým hádal
and all were fighting for the hedgehogs
a všichni se prali o ježky
soon the queen was in a furious passion
Brzy se královna rozzuřila v zuřivém rozmaru
and she started stamping about and shouting
a začala dupat a křičet
"Chop off his head!"
"Useknout mu hlavu!"
"Chop off her head!"
"Useknout jí hlavu!"
"Chop all their heads off!"
"Useknout jim všechny hlavy!"
Again Alice thought to herself
Alenka si opět pomyslila u sebe
"They're dreadfully fond of beheading people here"
"Strašně rádi tady lidem stínají hlavy"
"the great wonder is that there's anyone left alive!"
"Největší div je, že vůbec někdo zůstal naživu!"
She was looking about for some way of escape
Rozhlížela se po nějakém úniku
she noticed a curious appearance in the air
Všimla si podivného úkazu ve vzduchu
"It's the Cheshire-cat," she said to herself
"To je kočka Šklíba," řekla si pro sebe
"now I shall have somebody to talk to"
"teď budu mít s kým mluvit"
"How are you getting on?" said the cat
"Jak se vám daří?" zeptala se kočka

"I don't think they play at all fairly," Alice said
"Nemyslím si, že by vůbec hráli fér," řekla Alice
and she had a rather complaining tone
a měla poněkud stěžující si tón
"they all quarrel so dreadfully"
"Všichni se tak strašně hádají"
"one can't hear oneself speak"
"člověk neslyší sám sebe mluvit"
"and they don't seem to play by any rules"
"a zdá se, že nehrají podle žádných pravidel"
the cat asked Alice a question in a low voice
Kočka položila Alence otázku tichým hlasem
"How do you like the queen?"
"Jak se ti líbí královna?"
"I don't like her at all," said Alice
"Vůbec se mi nelíbí," řekla Alenka

Alice thought she might as well go back
Alice si pomyslila, že by se mohla rovnou vrátit zpět
she wanted to see how the game was going
Chtěla vidět, jak hra probíhá
she went off in search of her hedgehog
Vydala se hledat svého ježka
The hedgehog was busy fighting another hedgehog
Ježek byl zaneprázdněn bojem s jiným ježkem
this was an excellent opportunity
Byla to skvělá příležitost
she could croquet one hedgehog with the other
Dokázala odpálit jednoho ježka s druhým
but her flamingo was on the other side of the garden
Ale její plameňák byl na druhé straně zahrady
the flamingo was rather clumsy
Plameňák byl poněkud nemotorný
her flamingo was trying to fly up into a tree
Její plameňák se snažil vyletět na strom
She caught the flamingo by the leg
Chytila plameňáka za nohu
and she tucked the flamingo away under her arm
a zastrčila plameňáka pod paži
that way the flamingo couldn't escape again
Tak by plameňák nemohl znovu utéct
Just then Alice happened to meet the duchess
V té chvíli se Alenka náhodou setkala s vévodkyní
The duchess was now out of prison
Vévodkyně byla nyní venku z vězení
She tucked her arm affectionately under Alice's arm
Láskyplně zastrčila svou paži pod Alenčinu paži
and then they walked off together
a pak spolu odešli
Alice was very glad to find her in such a pleasant temper
Alenka byla velmi ráda, že ji nalezla v tak příjemné náladě
She was a little startled, however
Trochu se však polekala
she heard the voice of the duchess close to her ear

Slyšela hlas vévodkyně blízko svého ucha
"You're thinking about something, my dear"
"Přemýšlíš o něčem, má drahá"
"and that makes you forget to talk"
"A kvůli tomu zapomínáte mluvit"
"The game's going on rather better now," Alice said
"Hra se teď vyvíjí o něco lépe," řekla Alice
it was one way of keeping the conversation going
Byl to jeden ze způsobů, jak udržet konverzaci v chodu
"it is so indeed," said the duchess
"je to opravdu tak," řekla vévodkyně.
"and the moral of that is this:"
"A z toho plyne toto ponaučení:
"It is love that does it all!"
"Je to láska, která to všechno dělá!"
"Love is what makes the world go around"
"Láska je to, co hýbe světem"
Alice had another explanation
Alenka měla jiné vysvětlení
"it's done by everybody minding his own business!"
"Dělá to tak, že si každý hledí svého!"
"Ah, well! You could be right"
"Ach, dobrá! Mohl byste mít pravdu."
"It all means much the same thing," said the Duchess
"Všechno to znamená skoro totéž," řekla vévodkyně
and she dug her sharp little chin into Alice's shoulder
a zaryla svou ostrou bradu do Alenčina ramene
"and the moral of that is this"
"A z toho plyne toto ponaučení"
"Take care of the sense"
"Pečujte o smysl"
"and then the sounds will take care of themselves"
"A pak se zvuky postarají samy o sebe"
but then the duchess's arm began to tremble
Ale pak se Vévodkynině začala třást ruka
Alice looked up and there stood the queen
Alenka vzhlédla a tu stála královna

the queen had her arms folded
Královna měla složené ruce
and she was frowning like a thunderstorm!
a mračila se jako bouřka!
"I give you fair warning," shouted the queen
"Dávám vám upřímné varování," zvolala královna
and she stomped on the ground as she spoke
a při těch slovech dupala po zemi
"either your head or her head must be off"
"Buď tvoje hlava, nebo její hlava musí být mimo"
"Take your choice!"
"Vyberte si!"
"and be quick about it"
"a pospěšte si s tím"
The duchess made her choice
Vévodkyně si vybrala
and within a moment the duchess was gone
a v okamžiku byla vévodkyně pryč
Then the queen spoke to Alice
Pak pravila královna k Alence
"Let's go on with the game"
"Pokračujme ve hře"
Alice was too frightened to say a word
Alenka byla příliš ustrašena, než aby řekla jediné slovo
and she slowly followed her back to the croquet-ground
a pomalu ji následovala zpět na kroketový trávník
the whole time the queen quarrelled with the other players
Po celou dobu se královna hádala s ostatními hráči
"Chop off his head!"
"Useknout mu hlavu!"
"Chop off her head!"
"Useknout jí hlavu!"
"Chop all their heads off!"
"Useknout jim všechny hlavy!"
soon all the players were in custody
Brzy byli všichni hráči ve vazbě
only the king, the queen, and Alice remained

zůstali jen král, královna a Alenka
Then the queen left, quite out of breath
Pak královna odešla, celá udýchaná
and she walked away with Alice
a odešla s Alicí
Alice heard the king quietly say something
Alenka slyšela krále mlčky cosi říkat
"You are all pardoned"
"Všichni jste omilostněni"
but suddenly there was another cry heard
ale náhle se ozval další výkřik
"The trial is beginning!"
"Soud začíná!"
and Alice ran along with the others
a Alenka běžela s ostatními

who stole the tarts?
Kdo ukradl koláče?

The king and queen of hearts were seated
Srdcový král a královna seděli
they were on their throne when Alice arrived
Seděli již na svém trůnu, když Alenka dorazila
there was a great crowd assembled around them
Shromáždil se kolem nich velký zástup
there were all sorts of little birds and beasts
Byly tam všelijaké malé ptačky a zvířata
and there was the whole pack of cards
a byl tam celý balíček karet
the knave was standing in front of them, in chains
Ten Srdcový Kluk stál před nimi, v okovech
and there was a soldier on each side to guard him
a po každé straně byl voják, který ho střežil
near the King was the white rabbit
U krále byl bílý králík
he had a trumpet in one hand
V jedné ruce držel trubku
and he had a scroll of parchment in the other hand
a v druhé ruce držel svitek pergamenu
In the very middle of the court was a table
Úplně uprostřed nádvoří byl stůl
on the table was a large dish of tarts
Na stole byla velká mísa koláčů
"I wish they'd get the trial done," Alice thought
"Kéž by tu zkoušku dokončili," pomyslela si Alice
"then we could eat some of those refreshments!"
"Tak bychom si mohli dát něco z toho občerstvení!"

The judge, by the way, was the king
Soudcem byl mimochodem král
and he wore his crown over his great wig
a korunu měl na hlavě přes svou velkou paruku
"That's the jury-box," thought Alice
"To je lavice pro porotu," pomyslila si Alenka
"and those twelve creatures, I suppose they are the jurors"
"a těch dvanáct tvorů, předpokládám, že jsou to porotci"
some were animals, and some were birds
některá byla zvířata a některá byla ptáci
Just then the white rabbit cried out
V tu chvíli zvolal bílý králík
"Silence in the court!"
"Ticho na dvoře!"
"Herald, read the accusation!" said the king
"Herolde, přečtěte si obžalobu!" řekl král
the white rabbit blew three blasts on the trumpet
Bílý králík třikrát zatroubil na trubku
then he unrolled the parchment-scroll

Pak rozvinul pergamenový svitek
and he read as follows:
a četl toto:
"The queen of hearts, she made some tarts,"
"Srdcová královna, udělala nějaké koláče,"
"All this she did on a summer day"
"To vše dělala jednoho letního dne"
"The knave of hearts, he stole those tarts"
"Srdcový kluk, ukradl ty koláče"
"And he took those tarts far away!"
"A ty koláče odnesl daleko!"
"Call the first witness," said the king
"Zavolej prvního svědka," řekl král
and the white rabbit blew three blasts on the trumpet
a Bílý králík třikrát zatroubil na polnici
"bring the first witness!" he called out
"Přiveďte prvního svědka!" zvolal
The first witness was the hat maker
Prvním svědkem byl kloboučník
he came in with a teacup in one hand
Přišel s šálkem čaje v jedné ruce
and he had a piece of bread and butter in the other hand
a v druhé ruce měl kousek chleba s máslem
"You ought to have finished," said the King
"Měl jste skončit," řekl král
"When did you begin?"
"Kdy jsi začal?"
The hat maker looked at the march hare
Kloboučník pohlédl na zajíce březňáka
the march hare had followed him into the court
Zajíc březňák ho následoval do dvora
he had walked arm in arm with the dormouse
Kráčel ruku v ruce s plchem
"Fourteenth of March, I think it was," he said
"Myslím, že to bylo čtrnáctého března," řekl
"Give your evidence," said the king
"Vydejte své svědectví," řekl král

"and don't be nervous, or I'll have you executed on the spot"
"a nebuď nervózní, nebo tě nechám na místě popravit"
This did not seem to encourage the witness at all
Nezdálo se, že by to svědka nějak povzbudilo
he kept shifting from one foot to the other
Neustále přešlapoval z jedné nohy na druhou
and he looked uneasily at the queen
a pohlédl znepokojeně na královnu
and, in his confusion, he bit a large piece out of his teacup
a ve svém zmatku si ukousl velký kus ze svého šálku čaje
really he meant to bite from his bread and butter
Opravdu chtěl ukousnout ze svého chleba s máslem
Just at this moment Alice felt a very curious sensation
V této chvíli pocítila Alenka velmi podivný pocit
she was beginning to grow larger again
Začínala se opět zvětšovat
The miserable hat maker dropped his teacup
Zubožený kloboučník upustil svůj šálek čaje
and the bread and butter fell to the ground
a chléb s máslem padl na zem
and he went down on one knee
I poklekl na jedno koleno
"I'm a poor man, your majesty," he began
"Jsem chudý člověk, Vaše Veličenstvo," začal
"You're a very poor speaker," said the king
"Jste velmi špatný řečník," řekl král
"You may go," said the king
"Můžeš jít," řekl král
and the hat maker hurriedly left the court
a kloboučník spěšně opustil dvůr
"Call the next witness!" said the king
"Zavolej dalšího svědka!" řekl král
The next witness was the duchess's cook
Dalším svědkem byla kuchařka vévodkyně
She carried the pepper-box in her hand
V ruce nesla pepřenku
and the people near the door began sneezing all at once

a lidé u dveří najednou začali kýchat
"Give your evidence," said the king
"Vydejte své svědectví," řekl král
"I shall give no evidence," said the cook
"Nebudu vypovídat," řekl kuchař
The king looked anxiously at the white rabbit
Král úzkostlivě pohlédl na bílého králíka
and the white rabbit spoke in a quiet voice
a Bílý Králík promluvil tichým hlasem
"your majesty must cross-examine this witness"
"Vaše Veličenstvo musí tohoto svědka podrobit křížovému
výslechu"
"Well, if I must, I must," the king said
"No, když musím, tak musím," řekl král
"What are tarts made of?"
"Z čeho se vyrábějí koláče?"
"tarts are made of pepper, mostly," said the cook
"Koláče se většinou vyrábějí z pepře," řekl kuchař
For some minutes the whole court was in confusion
Po několik minut byl celý dvůr ve zmatku
eventually they all settled down again
Nakonec se všichni zase uklidnili
but by then the cook had disappeared
ale to už kuchařka zmizela
"Never mind!" said the king
"To nevadí!" řekl král
"call to the stand the next witness"
"Předvolejte dalšího svědka"
Alice watched the white rabbit as he fumbled over the list
Alenka se dívala na bílého králíka, jak tápavě procházel
seznamem
you can imagine her surprise at what she heard next
Dokážete si představit její překvapení z toho, co slyšela
vzápětí
at the top of his shrill little voice, he called the name "Alice!"
z plna hrdla svého pronikavého hlásku zavolal jméno "Alice!"

Alice's evidence
Alenčina výpověď

"Here!" cried Alice
"Zde!" zvolala Alenka
She jumped up in a great hurry
Vyskočila ve velkém spěchu
and she tipped over the jury-box
a převrhla lavici porotců
and she knocked over all the jurymen
a porazila všechny porotce
and they fell on to the heads of the crowd below
a padli na hlavy zástupu dole
Alice was in great dismay
Alenka byla velmi zděšena
"Oh, I beg your pardon!" she exclaimed
"Ach, prosím za odpuštění!" zvolala
"The trial cannot proceed," said the king
"Proces nemůže pokračovat," řekl král
"the jurymen must get back in their proper places"
"Porotci se musí vrátit na svá místa"
he repeated the order with great emphasis
Příkaz zopakoval s velkým důrazem
and he looked at Alice sternly
a pohlédl přísně na Alenku
"What do you know about these events?" the king asked Alice
"Co vy víte o těchto událostech?" zeptal se král Alenky
"I know nothing on the subject," said Alice
"O tom nic nevím," řekla Alenka
The king then read from his book
Král pak četl ze své knihy
"Rule forty two"
"Pravidlo čtyřicet druhé"
"All persons more than a mile high are to leave the court"
"Všechny osoby vyšší než jednu míli musí opustit soudní síň"
"I'm not a mile high," said Alice
"Nejsem ani míli vysoká," řekla Alenka

"Nearly two miles high," said the Queen
"Skoro dvě míle vysoko," řekla královna

"Well, I refuse to go," said Alice
"Nu, já odmítám jít," řekla Alenka
The king turned pale
Král zbledl
and he shut his note-book hastily
a spěšně zavřel svůj zápisník
"Consider your verdict," he said to the jury
"Zvažte svůj verdikt," řekl porotě
he spoke in a low, trembling voice
Mluvil tichým, chvějícím se hlasem
then the white rabbit spoke
Pak promluvil Bílý Králík
"There's more evidence to come yet"
"Ještě přijdou další důkazy"
and he jumped up in a great hurry
a vyskočil ve velkém spěchu
"This paper has just been picked up"

"Tento článek byl právě vyzvednut"
"It seems to be a letter written by the prisoner"
"Zdá se, že je to dopis napsaný vězněm"
He unfolded the paper as he spoke
Při těch slovech rozložil papír
"It isn't a letter, after all"
"Koneckonců to není dopis"
"what it was was a set of verses"
"What It Was byl soubor veršů"
"Please, your majesty," said the knave
"Prosím, Vaše Veličenstvo," řekl Srdcový Kluk
"I didn't write those verses"
"Já jsem ty verše nenapsal"
"and they can't prove that I wrote anything"
"a nemohou dokázat, že jsem něco napsal"
"there's no name signed at the end"
"Na konci není podepsáno žádné jméno"
the king spoke to the knave
Král mluvil k Klukovi
"You must have meant to cause some mischief"
"Musel jsi mít v úmyslu způsobit nějakou neplechu."
"else you'd have signed your name like an honest man"
"Jinak byste se podepsal jako čestný muž"
There was a general clapping of hands
Ozval se všeobecný potlesk
and the king turned to the white rabbit
Král se obrátil k Bílému Králíkovi
"Read the verses," he ordered
"Přečtěte si ty verše," nařídil
There was dead silence in the court
V soudní síni bylo hrobové ticho
and the white rabbit read out the verses
a Bílý Králík předčítal verše
They told me you had been to her
Řekli mi, že jste u ní byl
And they mentioned me to him
A zmínili se mu o mně

She gave me a good character
Dala mi dobrý charakter
But she said I could not swim
Ale ona řekla, že neumím plavat
He sent them word I had not gone
Poslal jim zprávu, že jsem neodešel
We know it to be true
Víme, že je to pravda
If she should push the matter on, what would become of you?
Kdyby tu záležitost protlačila, co by se stalo s vámi?
I gave her one, they gave him two
Dal jsem jí jednu, on dal dvě
You gave us three or more
Dal jsi nám tři nebo více
They all returned from him to you
Všichni se od něho vrátili k tobě
although they were mine before
i když předtím byly moje
If I or she should chance to be
Kdybych já nebo ona náhodou byli
If I or she were involved in this affair
Pokud bych já nebo ona byli do této záležitosti zapojeni
He trusts to you to set them free
Důvěřuje vám, že je osvobodíte
Exactly as we were
Přesně takoví, jací jsme byli my
My notion was that you had been
Moje představa byla, že jste byl
Before she had this fit
Než dostala tenhle záchvat
An obstacle that came between
Překážka, která přišla mezi
Him, and ourselves, and it
Jeho, a nás, a to
Don't let him know she liked them best
Nedejte mu najevo, že se jí líbily nejvíc

For this must for ever be a secret, kept from all the rest
Neboť to musí být navždy tajemstvím, utajeným přede všemi ostatními
This secret must remain a secret between yourself and me
Toto tajemství musí zůstat tajemstvím mezi vámi a mnou
the king was very impressed
Na krále to udělalo velký dojem
"That's the most important piece of evidence we've heard yet"
"To je nejdůležitější důkaz, který jsme zatím slyšeli"
"I don't believe those verses carry an atom of meaning," objected Alice
"Nevěřím, že ty verše v sobě nesou ani špetku významu," namítla Alenka
the King had his own opinion on the matter
král měl na věc svůj vlastní názor
"If there's no meaning in those words, that saves a world of trouble"
"Pokud v těchto slovech není žádný význam, ušetří to svět problémů"
"then we needn't try to find the meaning"
"Pak se nemusíme pokoušet najít smysl"
"Let the jury consider their verdict"
"Nechť porota zváží svůj verdikt"
"No, no!" said the queen
"Ne, ne!" řekla královna
"Sentencing first—verdict afterwards"
"Nejprve rozsudek – poté rozsudek"
"Stuff and nonsense!" said Alice loudly
"Nesmysly a nesmysly!" řekla Alenka hlasitě
"how silly it is to sentence the defendant first!"
"Jak hloupé je odsoudit obžalovaného jako prvního!"

"Hold your tongue!" said the queen, turning purple
"Mlčte!" řekla královna a zbrunátněla
"I will not hold my tongue!" said Alice
"Nebudu držet jazyk za zuby!" řekla Alenka
the queen shouted at the top of her voice
Vykřikla královna z plna hrdla
"chop off her head!"
"Useknout jí hlavu!"
Nobody made a movement
Nikdo neudělal ani pohyb
"Who cares what you say?" said Alice
"Koho zajímá, co říkáte?" řekla Alenka
she had grown to her full size by this time
V té době už vyrostla do své plné velikosti
"You're nothing but a pack of cards!"
"Nejsi nic jiného než balíček karet!"
At this, all the cards rose up in the air
Na to se všechny karty zvedly do vzduchu
and all the cards came flying down upon her

a všechny karty se na ni snesly
she gave a little scream
Trochu vykřikla
she was half afraid, but also angry
Napůl se bála, ale také zlobila
and she tried to fight the cards off of herself
a snažila se ze sebe sehnat karty
and then she found herself lying on the grass bank
a pak zjistila, že leží na břehu trávy
her head was in the lap of her sister
Hlavu měla v klíně své sestry
some dead leaves had landed on her face
Na tváři jí přistálo několik mrtvých listů
and her sister was gently brushing the leaves away
a její sestra jemně odčesávala listí
"Wake up, Alice dear!" said her sister
"Probuď se, Alice, drahá!" řekla její sestra
"what a long sleep you've had!"
"Jaký jsi spal!"
"Oh, I've had such a curious dream!" said Alice
"Ó, měla jsem takový divný sen!" řekla Alenka
And she told her sister all she could remember
A řekla své sestře všechno, co si pamatovala
all the strange adventures that you have just been reading about
Všechna ta podivná dobrodružství, o kterých jste právě četli
Alice got up and ran off
Alenka vstala a utekla
and she thought, while she ran, about her dream
a zatímco běžela, přemýšlela o svém snu
"what a wonderful dream it had been!"
"Jaký to byl nádherný sen!"